ラルーナ文庫

軍人アルファと慈愛の神子《みこ》

伊勢原ささら

JN105232

三交社

CONTENTS

Illustration

タカツキノボル

軍人アルファと慈愛の神子《みこ》

本作品はフィクションです。
実際の人物・団体・事件などにはいっさい関係ありません。

――アイ……愛《いと》しいわが子、よく聞いて。

優しく心に届いてくるのは懐かしい母の声。鈴を転がすようなやわらかな響きとともに、温かい指先が頬《ほお》に触れてくるのを感じ、アイは安らぎに包まれる。

（母さん……）

――あなたはきっと幸せになるわ。いつの日かあなたの前に、天が結び合わせたつがいが現れるの。アイは、その人と家族になるのよ。

――母さん、つがいってなぁに？

幼い頃の自分の声が続く。

これは夢？　それとも過去の記憶？

どちらでもいい。母の声が心地よく、とても安心できるから。

――つがいというのはね。アイのことを誰《だれ》よりも好きになって、大切にしてくれる人のことよ。アイもその人のことを大好きになるの。

――母さんと父さんみたいに？

気品に満ち美しいがどこか儚《はかな》げな母が、嬉《うれ》しそうに微笑《ほほえ》む。

──そう。だから、これからどんなことになっても、アイは独りじゃないの。あなたのつがいが、きっとどこかにいるのだから。

──でも僕、ひとりにならないよ？　母さんと父さんが一緒にいるもの。

包みこむような微笑が、少しだけ悲しげに陰った。

──母さんと父さんは、あなたとずっと一緒にはいられないかもしれない。でもアイ、たとえ何があってもね、あなたはシルラの神子《みこ》。このシルラの里と、シルラたちを守っていかなくちゃならないの。

だから強くなって、と母は両手のひらでアイの頬を包む。

──つらいときも、悲しいときも、信じていて。あなたのつがいと、いつか巡り合えること……幸せになれること……。

慕わしい面影がぼやけ、次第に薄くなっていく。

(母さん……っ)

消えゆくその姿に手を伸ばそうとして、アイは目を開けた。

ザリザリした感触の舌で、涙に濡《ぬ》れた頬を撫《な》でられているのに気づく。二頭のシルラが両側から、静かな瞳《ひとみ》でアイを見つめていた。吸いこまれそうな銀色の目は思慮深く、獣でありながら賢者のような知性を湛《たた》えている。

「エド、ルゥ……ありがとう」

いつも傍らにいてくれる従者たちの頭を撫で、アイは体を起こした。

白く細い幹が美しい木々の中に見えている、神秘的な蒼色《そうしょく》の湖。そのほとりで六頭のシルラが腹這《はらば》いになり、ゆったりした時を過ごしている。彫像のように動かないその姿は神々しく、彼らを見慣れているアイですら見事な銀の毛並みに見惚《みと》れてしまう。

シルラはこのシルヴェリア国建国よりさらに昔、この世の平和と人の幸福を守るために天から遣わされたという伝説の神獣だ。大型の猫科動物めいた外見だが、その体は獅子《しし》よりも大きく、オスは頭に美しい二本の角を生やしている。特徴的な瞳は落ち着きに満ち知的で、じっと見つめられると不思議と迷いや不安が消え心が凪《な》いでいく。

シルラは人を癒《いや》し、支え、助けるために天から贈られた獣だ。そのシルラと人を結ぶ懸け橋となる神子として生まれたことを、アイは誇りに思っている。

まばゆい銀色の髪と、月の光のように輝く大きな銀の瞳は神子の証《あかし》だ。前の神子である母もそうだったが、シルラを総べる神子は代々銀の髪と瞳を受け継ぐ。

(母さん……)

うたた寝をしながら、また幼い頃の夢を見ていたようだ。アイは、母の手のひらの感触の残る頬にそっと手を当てる。

母はいない。父もいない。ここ、シルラの里でともに暮らしていた仲間は、もう誰一人残っていない。十年前からはアイと、十二頭のシルラがいるだけだ。

今はシンと静まり返っているこの湖のほとりに、かつては響いていた仲間たちの笑い声が耳によみがえってきて、アイはそっと目を閉じた。聞こえてくるのはやはり、微《かす》かな風の音だけである。

「エド、ルゥ、大丈夫だよ」

心配そうに身を寄せてくるシルラたちを撫でてやり、アイは自分を励ますように力強く頷《うなず》いた。口元には明るい笑みが戻っている。

——だから、アイは独りじゃないの……。

——あなたはきっと幸せになる……。

「うん、母さん。僕はきっと、幸せになる」

もちろん今だって幸せだよ、とつけ加え、アイは空を見上げる。

幸せだ。青い空のさらに上で、両親も仲間たちもいつも見守ってくれているのを感じるから。そして何より、家族のように大切なシルラたちがそばにいるから。だからアイは今も、独りではない。

天から授かったシルラたちとともに、神子として人々に癒しをもたらす務めはとてもやりがいがある。この満たされた日々の先に、もっと素敵な未来が待っていると信じられるのだから、恵まれていると感じるくらいだ。

（僕のつがい……どんな人なのかな）

八歳のときから独りこの里で暮らしてきたアイは、恋をしたことがない。誰かを好きになるという感情が、どんなものなのかもわからない。

けれど母が言っていたように、いつか運命の人と巡り合い、好きになることを想像し楽しみにしながら、毎日笑顔で生きている。ときには孤独を意識し涙ぐんでしまうときも、急に寂しくなってしまったときも、とにかく笑ってさえいれば気持ちが晴れやかになってくるし幸運が引き寄せられることを、この十年間でアイは学んでいた。

くつろいだ表情で寄り添っていた二頭のシルラが、いきなり顔を上げた。湖のほとりに寝そべっていた獣たちもすばやく身を起こし、皆同じ方向――誰にも知られていない里の入口のほうを見る。

「どうしたの？」

アイも緊張する。シルラの聴力は人の十倍だ。危機を察知する能力にも長《た》けている。

何かが起きた、と身構える間もなく、長く甲高い警戒音のような鳴き声が届いてきた。

見張りを任せたシルラたちのものだ。

「行くよ！」

アイは獣たちに声をかけ、声のするほうに向かって駆け出した。


シルラの里は深い森の奥に位置し、そこに至る道は巧みに隠されている。シルラを奪い、その底知れぬ力を悪《あ》しきことに利用しようとする者から身を潜めるためだ。鬱蒼《うっそう》とした森の中は迷路のようになっており、危険な野生の獣もいる。そうやすやすと入りこめるはずがないのだが……。

（まさか、グルが……っ？）

シルラの天敵である獰猛《どうもう》な魔獣の恐ろしげな姿が浮かび、血の気が引いた。アイは足を速め、飛ぶように森を駆け抜けていく。

「っ……！」

茂った木々の間にちょうど里の入口が見えてくるあたりで、見張りのシルラ四頭が一人の人間と対峙《たいじ》しているのが目に入り、アイは息を呑《の》んだ。

（軍の人……っ？）

アイよりは年上に見えるがまだ若そうなその男は国軍兵士の軍服を身に着け、手にした剣を構えている。対するシルラたちは怒りの唸《うな》りを上げながら身を屈《かが》め、今にも男に飛びかかろうとしている。本来は見事な銀色の毛並みが今は漆黒に変化し、知的で穏やかな瞳も黒く変わり爛々《らんらん》と輝いているのを見て、アイは青ざめた。

「待って！」

両方に向かって叫びながら、一触即発の緊迫感をはらむただ中に飛びこんだアイは、シルラたちを背にかばうように立ち、男に向かって両手を広げた。

振り向くと、アイとともに駆けつけた残りのシルラも、剣を向ける男を警戒し牙《きば》を剝《む》きはじめている。その毛色が変わる前に、アイはシルラたちを宥《なだ》めるように手を上げた。

「駄目だよ！」

そのひと声で、冷気すら感じられるほどの殺気が獣たちから急速に消えていく。

「あなたも剣を納めてください！」

アイは兵士に向かい、声を張り上げる。

「この子たちを怒らせないで！」

彼は鋭い目を細め、刺すような視線をアイに向けてきた。

男らしく硬質な顔立ちは整っているが冷酷な印象で、近寄り難さがある。軍服を着ていてもわかるたくましい肉体からは、目に見えぬ炎のように闘気が燃え上がっており、氷のような無表情と反している。一歩でも近づけば、躊躇《ちゅうちょ》なく一刀両断にされそうだ。

（軍神様みたいな人……）

アイは息を詰め、男を見つめる。

凛々《りり》しく雄々しいが、冷たく容赦がない印象だ。その昔、圧倒的な強さで敵国の攻撃から国とシルラを守り、守護神と崇《あが》められたという伝説の軍人の姿をその兵士は彷彿《ほうふつ》とさせた。

「おまえはシルラの里の者か」

冷徹な声が響いた。怯《おび》えても怒ってもいない、抑揚のない低音が耳に刺さる。

「そうです！　お願いですから剣をしまってください！」

怯《ひる》んではいられない。シルラたちを誰にも傷つけさせず、また、誰も傷つけさせないようにするのが、神子としてのアイの役目だ。

「凶獣を前に武器をしまえと言うのか」

凶獣のひと言が胸に刺さりアイは唇を噛《か》むが、決然と顔を上げる。

「あなたが攻撃しなければシルラたちもしません。シルラはあなたの心を映す鏡なんです！」

天から遣わされた神獣であるシルラの本質は『愛』であり、人間を癒し、支える。だが

人に敵意や怒りの感情を向けられると、それをそのまま受け取り、攻撃的な猛獣へと姿を変える。当てられた光を、鏡が反射するように。

「あなたがシルラと戦おうとすると、シルラも戦います。仲間だと思えば、シルラもそう思います。シルラを恐ろしい獣にしてしまうのは、向かい合う人なんです！」

アイの訴えを眉《まゆ》一つ動かさず聞いていた男が、左手で肩のあたりを押さえた。表情は変わらないが、顔色が悪い。

（もしかして、怪我《けが》を……っ？）

アイの緊張が高まる。

シルラの爪《つめ》や牙で傷つけられると、そこから即効性の毒が回り、数時間で人は死に至る。シルラが恐れられる所以《ゆえん》だ。シルラは滅多なことで人を傷つけないが、相手が殺意を抱いて戦いを挑んできたときは応戦する。おそらく彼が先に、敵意を持って剣を抜いたに違いない。

（早く解毒薬を処方しないと……っ）

普通の人間ならシルラの爪の先がかすっただけでもその場で昏倒《こんとう》してしまうのに、目の前の彼は意識を保ち会話すらできている。どれだけ強靭《きょうじん》な肉体と精神を持っているのだろう。しかし、いくら並外れた強い兵士でも、このままでは命を失う。

「あなたを死なせたくないし、この子たちにもこれ以上、あなたを傷つけさせたくありません！　お願いですから剣を離して……！」

気丈に立っていた男の体がついに揺らいだ。頭を振り膝《ひざ》をつくが、まだアイとシルラに警戒の目を向けている。

「おまえに、尋ねたい。シルラの……」

「もうしゃべらないで！」

毒の回りが早まってしまう。止めるアイに構わず、男は続ける。

「シルラの、里は……」

言葉が途切れ、剣が手から離れ地に落ちた。

「エド！」

揺らめき崩れていく体を受け止めるべく、エドが駆け寄っていく。アイもすぐに続いた。


シルヴェリア国は、建国当時はシルラに守られた平和な国だった。人と同じだけの数がいたというシルラと、それを総べる一人の神子が賢王に仕え、国民の平和と安寧を守っていた。自然に恵まれ気候も温暖な地には農作物もよく育ち、民も一年中飢えることなく幸せに暮らしていたという。

　その状況を一変させたのが数百年前の、国境を接する大国ゾルディアとの戦争だった。領土は広いがそのほとんどが寒冷地であるゾルディア国が、資源豊かなシルヴェリア国を属国にすべく侵略してきたのだ。

　圧倒的な兵力を誇るゾルディア国軍に、対外的な軍を持っていなかったシルヴェリア国はなすすべもなく攻められた。民に多くの犠牲者を出し国が敵の手に落ちる寸前に、国王がついに『奥の手』を発動した。シルラの性質を兵器として利用したのだ。

　シルラは相手の感情をそのまま反射する。敵意には敵意を。殺意には殺意を。征服欲には征服欲を。殺戮《さつりく》を求める猛獣と化したシルラに押し返され、見る間に戦況は逆転、ゾルディア国軍は退却していった。

　戦争には勝利した。だが後に残されたのは累々《るいるい》と積み重なる人間とシルラの屍《しかばね》、そして荒廃しきった大地だった。

　平和のために遣わされた神獣を、もう二度と戦いの道具にされるようなことがあってはならない。

　シルラを争いに巻きこんだことを心から悔いた当時の神子は、生き残ったシルラを連れて森の奥に移り住んだという。それが、シルラの里の始まりだ。そしてその神子とともに里に下ったのが、軍神と呼ばれた伝説の兵士だったそうだ。

以来シルラの里には、その神子とつがいとなった兵士との血を受け継ぐ者たちだけが、ひっそりと暮らしてきた。シルラを再び軍事利用されることがないよう、人の目から隠しながら。

それゆえこれまでずっと、里の者ではない人間が足を踏み入れることはなかったのだが……。

（傷ついてる人を放ってはおけないよね……）

シルラたちの力を借りて家に運び入れ、自分の寝床に横たえた兵士の額の汗を、アイは丁寧に拭《ふ》いてやる。ここに連れてきた半日前には燃えるほど熱かった額も、解毒薬を処方ししばらく経った今はだいぶ冷め、呼吸も落ち着いている。

（でも、どうして軍の人がこんなに近くまで……）

アイは不安に唇を噛む。このところ不穏な波がこの国に押し寄せてきているのは、アイも知っている。

大戦からかなりの年月が経ち、戦禍の跡は完全に消えたかに見えた。だが、ここにきてまた暗雲が漂いはじめているのを、閉じられた里で暮らすアイも感じてきている。

齢《よわい》九十を越えるゾルディア国の現王が、再びシルヴェリア国への妄執を燃やしはじめたのだ。これまでも小規模な領土侵犯はあり、小競り合いは続いていた。だが、ここにきて残りの生を燃やし尽くすかのように、王は侵略を目論《もくろ》み大軍を整えていると聞く。

シルヴェリア国もかつての大戦後は、攻撃に対抗するための自軍を組織していた。特に国王直属の本軍は国中から優れた人材を集め、厳しい訓練を経て鍛え抜かれた精鋭兵士の集まりのようだ。軍を束ねるオーガ将軍は天をつくほどの巨漢で、領土を狙《ねら》ってくる敵軍を単身でことごとく追い散らしてきた最強のつわものらしい。

（でも、どんなに強い軍があっても……戦争は駄目）

アイは硬い表情で深く息をついた。

戦争で傷つき命を落とすのは、名もない兵士や民たちだ。憎しみは憎しみしか生まず、増幅した憎悪は世界を滅ぼしていってしまう。

それを人間に気づかせるために、シルラが天から授けられている。そしてシルラとともに世に平和をもたらすのが、神子であるアイの使命だ。

（どんな命もみんな大切……。この人も、なんとかして助けなきゃ）

アイは横たわった兵士を気遣わしげに見る。シルラは人間の病や怪我を治す不思議な力を持っているが、シルラの毒を受けた者を癒すことはできないので、里に代々伝わる薬を飲ませ様子を見守るしかなかった。

　幸いその兵士の生命力は相当に強いようだった。普通の人間なら何日も生死の境をさまようところだが、わずか半日で顔色もよくなり、明らかに回復してきている。

「これならきっと、もう大丈夫だね」

　そばに控えているエドとルゥを振り向く。安堵《あんど》の表情のアイに反して、シルラたちの瞳はまだ警戒している。

　もしも彼が意識を取り戻しシルラたちに敵意を向けたら、また同じことになってしまう。それだけは、なんとしても避けなければならない。

「エド、ルゥ、しばらくみんなのところにいてくれる？」

　シルラは神子の命に決して逆らわない。だが、よほど心配なのだろう。シルラの中でも最年長でずっとアイのそばにつき従っている二頭は、顔を見上げたまま動こうとしない。

　忠実な愛しい家族にアイは微笑みかける。

「この人が起きておまえたちがいたら、また怖い顔になるでしょ？　だから、ね？　僕は大丈夫。何かあったらすぐに呼ぶから」

　手を伸ばし頭を撫でてやると、二頭は気持ちよさそうに目を細めた。高潔な神獣だが、こういうところは小さな猫と同じだ。

　シルラが退室し兵士と二人きりになると、少しだけ緊張した。

改めて彼を見つめる。男らしくはっきりとした目鼻立ち。硬そうな短い髪も、確か瞳も濁りのない漆黒だ。肩から胸にかけて包帯が巻かれている上半身は、見るからに鍛え上げられた筋肉がついていてたくましい。

これほど美しい人に、アイは初めて会った。本当に、伝説の軍神のイメージそのものだ。

(この人……アルファだ)

本能的に感じた。

すべての要素において優れ、人々を総べるカリスマ性と才を持つアルファ。世を動かし、地を耕して社会を作っていくベータ。特異な能力と魅力的な容姿を持ち、優れたアルファを産むことができるオメガ。男女のほかに、この世界にはその三つの性がある。

アイはオメガだ。オメガは男女を問わず子を産むことができるので、血筋が絶えぬようにシルラの神子は必ずオメガとして生を受ける。国でも数えるほどしかいないオメガ性の者は、同様に少数派のアルファ性の者が『運命のつがい』として天に定められているという。

アイの母もオメガで、アルファの父と結ばれた。アルファはあらゆる点において秀でているので、政務を行う国の中枢部の人に多いという。アイの父は天才と名高かったシルラの研究者で、里の調査でたまたま森を訪れ母と出会ったと聞いている。

アイはまだ、父以外のアルファに会ったことがない。交流のある近隣の村人たちは皆ベータだったので。

アイの父も確かに美しかったが、物静かでいつも穏やかに微笑んでいるような人だった。目の前の彼はまったく違う。

（つがい……父さんみたいな人かなって想像してたけど……）

アルファでもいろいろなタイプがいるようだ。初めて接する屈強で猛々《たけだけ》しい男がまるで未知の生き物のように感じられ、アイはさらに顔を近づけて男を見ようとする。

「ん……」

気配を感じたのか、兵士が微かに呻《うめ》いて身じろいだ。アイは弾《はじ》かれたように、屈めていた身を起こす。同時に、閉じられていた瞳がうっすらと開かれる。

「あ……き、気がつきましたか？」

間近で見つめていたことに気づかれなかっただろうかと内心焦りながら、アイは男を気遣うように見る。彼はハッと上体を起こし痛みに一瞬眉を寄せたが、すぐに表情を整え警戒の目をアイに向けてきた。

「ここはどこだ」

耳に心地よい低音だが、抑揚がなく冷ややかだ。

「僕の家です。傷ついて意識を失ったあなたを運んで、解毒薬を処方しました。……具合はいかがですか？」

「毒、というのは、シルラの毒か」

兵士が逆に聞いてきた。

「そうです。あなたの肩の、その傷から入りこんだんです」

「爪の先がわずかにかすっただけだったが、見る間に動けなくなった。猛毒だな」

微かに眉をひそめる男に、シルラを恐ろしいものと誤解させたくないとアイは焦った。

「森で僕がお話したこと、覚えていらっしゃいますか？　あなたが攻撃しなければ、あの子たちも応戦しませんでした。あなたをひっかいたのは先に襲われたからです」

「凶獣にいきなり出くわしたんだ。先手を打って攻撃するのは当然だろう」

「あの子たちのことをそんなふうに言わないでください。でも……ごめんなさい」

ペコリと頭を下げるアイを見て、男はわずかに目を瞠《みは》る。

「僕が一緒にいれば、あなたをこんな目に遭わせずに済みました。どうかシルラを恐れないでいてあげてください」

「私には恐れるものなどない」

迷いのない即答には強がりや見栄どころか、どんな感情も見えない。シルラの毒で一時命が危うかったとは思えないほど、彼は乱れずシャンと背筋を伸ばしている。

「ここはおまえの家だと言ったな。おまえは、シルラの里の民か」

森での質問を繰り返される。

「あなたは？　お国の軍の兵士さんですか？」

鋭い視線にも臆《おく》せず聞き返した。アイはシルラを守る神子だ。知らない人間にうかつなことは言えない。

男はアイの毅然《きぜん》とした態度に、意外そうに瞳を見開いてから頷いた。

「私はシルヴェリア国の国境警備軍の兵士だ。森の近辺に敵軍が密《ひそ》かに侵入した形跡があり、監視に回っていた」

よどみのない答えに、アイは思わず胸を押さえる。

「ゾルディア国の軍が、もうこのあたりまで……？」

このところ、隣国の侵攻はとみに激しくなっているようだ。シルヴェリア国の外れ、ゾルディア国寄りに位置するこの里は、国境まで目と鼻の先だ。広大な森に隠されているので、里自体が狙い撃ちされることはほぼないだろうが、百％とはいえない。いや里のことよりも、アイがよく訪れ懇意にしている国境付近の村の人たちのことが気がかりだ。

「心配しなくていい。我々警備軍は国境の駐屯地に常駐し、敵の動向を逐一監視している。

万が一攻め入られても、即本軍に応援を頼めるよう備えてもいる」

機械のようだった男の口調が少しやわらいだが、アイの胸のざわめきは収まらない。

「大きな戦争に、なるのでしょうか？」

「ここしばらくは動きが停滞している。今日明日にもどうなるということはまずないだろう。だが、その日は必ず来る」

抑揚のない声が、冷たく重い石を投げこまれたように心に落ちた。国境警備軍の兵士が森の中まで見回りに来たのは初めてだ。おそらく事態は相当切迫しているのだろう。

「それで、先ほどからおまえに尋ねている。おまえはシルラの民で、ここはシルラの里か」

男の声は威厳に満ちている。その口調も態度も、他人に命令することに慣れているもののように思える。けれど不思議と威圧感がなく、不快に感じられないのはなぜだろう。

（この人の目、すごく綺麗《きれい》……）

まっすぐ見つめてくる黒い瞳に、アイは魅入られる。黒曜石のような輝きを放つ瞳は迷いなく澄んでいて、邪悪なものを見出せない。人間の邪念や悪意に敏感なアイだが、そういったものを一切彼から感じない。

そもそも本当に邪心を抱いている者ならシルラたちが感知し、この里に入れることを許さなかっただろう。シルラはアイよりも、悪いものを確実に嗅《か》ぎ分ける。

「聞こえているのか？」

穏やかに確認され、アイはあわてる。うっかり見惚れてしまったりして、変に思われなかっただろうか。

「あ、ごめんなさいっ。そうです。僕はシルラの民で、ここはその里です」

なんとなく、彼にならら話してもいいような気がした。

「ただ、このことは誰にも言わないでいただきたいんです。お仲間の兵士さんにも、上の方にも。あの、ここは……」

「心得ている。シルラの民が里の所在を秘しているのは、シルラを二度と戦に駆り出されたくないからなのだろう？　賢明な判断だ」

理解ある男の答えに、アイは安堵の息を吐く。

「シルラは敵にとっても脅威だ。この里は森にうまく隠されているようだが、国境に近い以上警戒は必要だ。それを、里の者に周知したほうが……」

男は唐突に言葉を切り、一瞬苦しげに顔をしかめた。

「だ、大丈夫ですかっ？」

意識が戻ったとはいえ、まだ毒は抜け切っていない。普通なら朦朧《もうろう》として話もまともにできないだろうに、彼の生命力は本当に驚嘆に値する。

アイは上体を折った男の肩に手をかけ、もう一度寝かせようとした。

「お話は後で伺いますから、もう少し休んでください。横になっていればよくなるはずです」

「大丈夫だ。それより、里の長《おさ》に会わせてくれ。挨拶《あいさつ》をして、警戒すべき状況だと伝えたい」

気丈に体を起こそうとする彼の肩が熱い。熱がまた上がってきている。

「寝てなきゃ駄目です。それに……長はいません」

俯《うつむ》きがちにつけ加えると、男は訝《いぶか》しげに鋭い目を細めた。

「いないとは、今は不在ということか？」

「ではなく、長という立場の人がいないんです。長だけではなく、この里には誰もいません。僕以外は」

無表情な彼もさすがに驚きをあらわにした。

「おまえしかいないだと？　しかしシルラがいる以上、神子はいるはずだろう。神子とシルラは一心同体と聞いている。長がいないなら神子に会わせてくれ」

「それなら、もうお会いになってます。僕ですから」

「何？」

「僕が、シルラの神子です。アイと申します」

氷の岩のような彼でもこんな顔をするんだ、というほど唖然《あぜん》とした様子に、アイは密かに嬉しくなる。あらゆる意味で超人的な彼も、どうやら感情を持った普通の人間のようだ。

「おまえが、シルラの神子だと？　おまえがか？」

遠慮なくまじまじと見られて、アイはなんだか申し訳なさに首をすくめてしまう。

「はい。僕が、それです」

先代の神子だった母は見るからに気高く清らかで、女神のように美しい容姿だった。だがアイは大きな目がやけに目立つ童顔で、男にしては背も低い。尊い神子の継承者というより、市場の隅で花でも売っているのが似合いそうな外見だ。

「確かに、銀の髪と瞳はシルラと同じ色合いだが……まさかおまえが伝説の神子の継承者とは……。まだひな鳥の巣から這い出てきたばかりのような、威厳の欠片《かけら》もない少年ではないか」

「こ、これでももう十八歳ですっ」

威厳がないのはその通りなので反論のしようがないが、あまりの言われようにアイはやや唇を尖《とが》らせる。

「ああ、いや、気を悪くしたのなら謝る。だが、あまりにもおまえが、つまり……」

鉄の壁のようだった彼が見事に動揺しているのがおかしくて、アイは心の中で噴き出す。

『もういいですから、とにかく今は寝てください。お話はその後でっ」

表向きは怒った顔のまま、男の体を強引に押さえつける。熱が上がりきつくなってきたのだろう。彼も今度はおとなしく仰向けになった。

「おまえのような少年が……里にたった一人とは……」

つぶやきが漏れる。その声の調子がわずかに悲しみを帯びて聞こえ、アイの心は温まる。

「あの、あなたのお名前は？」

「アーサーだ」

「アーサーさん、おやすみなさい」

答えた男の両目を、アイは手で覆ってやった。ほどなく静かな寝息が届いてくる。

手をそっとどけた。たくましく強靭な兵士が静かに目を閉じ寝入る姿に、アイの口元は思わず微笑む。手負いの野生の獅子が、傷を癒すために深く眠りについている姿を想像させる。

頼りない少年のように見えても、一応アイはシルラの神子だ。近くの村を訪問するときなどは、下にも置かれぬ扱いで崇められる。威厳の欠片もない、と面と向かって言われ、普通の少年のように扱われたのは初めてだ。

（ちょっと、嬉しかったかも）

アイはクスリと笑い、彼に触れた右手に残るぬくもりを逃さないように胸に押し当てた。

＊

国の北方に位置するシルラの里にも、美しい花の咲く暖かな季節がやってこようとしている。今はちょうど雪の時期が終わり、所々に残った雪も日ごとに溶けてきている頃だった。

「よいしょっと！」

気合いの声とともに、アイが小さな手には重すぎる斧《おの》を振り上げる。カコッと情けない音がして刃が薪《まき》に食いこむが、上から三分の一ほどが控えめに割れただけだ。

雪が溶けたとはいえ、まだまだ寒い日が続いている。焚《た》き木はあるだけあったほうがいい。

非力な独り暮らしの神子を気遣い、近隣の村人が焚き木を差し入れてくれたりもするが、甘えてばかりいてもいけないと、アイはなんでも一人でできるようがんばっている。

「えいっ！　あっと……」

狙いをはずしてつんのめるアイを、エドとルゥが静かに見守る。手伝えないのがふがいなく申し訳ないと思っていそうな顔に、アイは笑顔で頷き返す。

「エドもルゥも心配しないで。ほら、僕、薪割りは慣れてるし」

慣れているといっても、毎回手首を痛め筋肉痛で動けなくなるのを知っているだけに、彼らも心配でならないのだろう。

「もういっちょ……って、えっ？」

ふいに手が軽くなった。斧を取り上げられたのだ。

「見ていられない。貸せ」

ハッと隣を見上げると、床にいたはずの男が呆《あき》れ顔で立っている。

「アーサーさん！」

伏せていた二頭のシルラがむくっと起き上がった。自分たちに剣を向けてきた兵士に油断のない警戒の目を向ける。

「薪割りを手伝うのも許さないのか？　そこの忠義者のシルラたちをおとなしくさせておいてくれ。気が散る」

アーサーはシルラたちと目を合わせようとしない。視線が合えば戦闘モードに入ってしまうと用心しているのか。警戒し合っている彼らは、まるで野生の獣と同じだ。

「エド、ルゥ、大丈夫だよ。この人は何もしないから」

声をかけ相棒たちを安心させてから、アイはアーサーに向き直った。

「アーサーさん、まだ寝てなきゃ駄目です。やっと平熱になったばかりなのに、無理したら……」

「自分の体のことは自分が一番よくわかっている。もう大丈夫だ」

アーサーはうるさそうにアイを下がらせると、軽々と斧を振り上げる。

「おまえには世話をかけたからな。うまい飯を作ってもらっている礼に、このくらいはさせてくれ」

振り下ろされた斧は太い薪をあっさりと真っ二つに割った。たくましい腕が伸ばされ、積んである薪を摑《つか》み薪割台に乗せる。カコンと小気味いい音とともに、薪は綺麗に分断される。

「すごい……っ」

思わず手を叩《たた》いてしまったアイを、アーサーは呆れ顔で振り向いた。

「そこに突っ立ってないで、割っていない薪を全部持ってこい」

「は、はいっ」

アイはあわてて薪小屋に飛んでいくと、台車に薪を積んで戻ってくる。山盛りになったそれを、アーサーは野菜でも切るように割っていく。

傷つき意識を失ってから、まだ五日だ。普通の人間なら熱も下がらず、起き上がるのがやっとというところだ。やはり彼の生命力は並ではない。

（熱も下がったし、ご飯も完食してくれるし……アーサーさん、すごく元気になった）

わずかにも疲労を見せず淡々と薪割りを続ける男を見ながら、アイは安堵の息をつく。

軍服は破れ血がついてしまったので、洗濯し繕ってある。今の彼はアイが着替えにと出してやった麻布の農民服姿だ。軍服姿のときは上げていた前髪を下ろしているからか、初対面のときより少し若く見える。実年齢は二十九歳だという話だが、態度や話し方でそれより五つは上に見えていた彼も、こうして黙っているとその歳《とし》に見えないこともない。

今朝《けさ》あたりまではまだ立ち上がるとふらつく様子だったが、今はもうしっかりとして目の輝きも違っている。

——薬より、食事のおかげかもしれないな。

今朝、アイの用意した朝食のスープを飲み干して、アーサーはぼそりと言った。冗談かと思い声を立てて笑ったアイを訝しげに見たところをみると、もしかしたら本気だったのかもしれない。

高い給金をもらっているのだろう国軍兵士に食べてもらうには、あまりにも貧しい内容の庶民の食事を、アーサーは毎食文句も言わず完食してくれていた。作ったものを誰かに食べてもらうのは初めてだったので、あっという間に皿を空にするアーサーの食べっぷりを見ているのが、アイもとても楽しみで嬉しかった。

（アーサーさんって、いい人だな……）

ほんの数日看病し体調がいいときに少し話しただけだが、アイは彼のことがだいぶわかってきていた。

強く誇り高い兵士で、必ず国を守るという気概を持っている。常に毅然として揺るがず、物事に動じない。礼儀正しくまっすぐで、信用が置ける。

それが、この五日接してきた彼に対するアイの印象だった。

（アルファ……なんだよね）

斧を振り上げる屈強な腕を見ながら、まだ本人に確認できていないことを改めて思う。

軍服と違って農民服は体の線がはっきりわかる。しっかりとした太い首、盛り上がった肩、アイの倍ほどもありそうな下半身。包帯を巻くときに触れた鍛えられた胸板の感触を思い出して、アイの頬はなんだか急に熱くなった。

――いつの日かあなたの前に、天が結び合わせたつがいが現れるの。

母の声が耳によみがえる。

いつかその日が来るといいなと思ってはいたけれど、気になるアルファとの出会いなど本当にあるのだろうかと、正直疑問に感じていた。両親のような劇的な始まりが、果たして自分にも訪れるのだろうか、と。アイはほとんど里から出ない。普通に暮らしていれば、アルファと出くわすことなどあり得なかったはずだ。

それが、本当にあった。

（まさかアーサーさんが……なんて……）

ないない、ないよね、と自分に言い聞かせながら、アイは火照《ほて》った頬をそっと扇《あお》ぐ。

アーサーのことは、正直気になっている。怖そうだけれどいいところもたくさんあるし、素敵な人だなと思う。

けれど相手は国軍の兵士だ。普通に考えればシルラの神子であるアイと結ばれるわけがない。

「終わったぞ」

声をかけられ、ぼうっとしていたアイはあわてて顔を上げる。

「すごい、こんなにたくさんあっという間に……アーサーさん、ありがとうございます！あの、大丈夫ですか？」

「まったく問題ない」

強がりではないようだ。

「ちょっと休んでいてください。今お茶をいれてきますから」

「神子殿」

身を翻そうとする腕を摑まれた。見上げたその顔を見て、なんとなく聞きたくない話をされるのではないかと感じた。

「見ての通り、体はもう本調子だ。私はそろそろ軍に戻ろうかと思う」

「あ……そ、そうですか……」

予想した通りの話に、アイは視線を落とす。寂しいと、はっきり感じた。

「心配するな。里のことは口外しないが、森付近の巡回警備はこれまで以上にさせてもらう。私もこれからはたまにここに立ち寄り、安全を確認させてもらおう」

アイがあまりにもわかりやすくしょんぼりしていたからだろう。アーサーの口調はやわらいでいるが、アイは落胆を隠せない。

（そうだよね……。アーサーさんは、軍の大事なお務めがあるんだから……）

アーサーが軍に戻ることは最初からわかっていたはずなのに、どうしてこんなに寂しく感じるのだろう。彼とはたった五日間一緒にいただけだ。その間、彼は体力を回復するために眠っているときのほうが多く、話をした時間などかき集めてもわずかなのに、そのほんの短時間の記憶がとても大切に思える。

おいしそうにご飯を食べてくれる顔。見つめてくるまっすぐな瞳。薪を割るたくましい腕。

近隣の村にも若い男性はいるけれど、誰に対してもこんな気持ちになったことはなかった。彼を特別に意識してしまうのは、やはり初めて見るアルファだからなのか。

(それとも……もっと何かある、のかな……？)

「あの、アーサーさんっ」

今聞かなければ、と思ったらやけに力が入り、声が裏返ってしまった。拳《こぶし》を握り決意を秘めた様子のアイに、アーサーはやや瞳を見開く。

「どうした？」

あなたはアルファなのか。僕を見ていて何か感じないか。ひょっとして、もしかして、あなたは僕のつがいではないのか。

聞きたいことがドッと溢《あふ》れてくる。

「お会いしたときから、ずっと、その、気になっていたのですが……あの……っ」

エドとルゥがいきなり立ち上がり、アイの言葉は遮られた。銀の毛並みが見る見る黒みがかり、低い唸りを上げながら二頭は脱兎《だっと》のごとく飛び出していく。

「エド！　ルゥ！」

アイも反射的に後を追って駆け出した。

肌がざわつく。何かが起きている。それも、ひどく不吉なことが……。

視線の先にシルラたちの飼育小屋と、彼らのための広い庭が見えてきた。神子を常に守るリーダーのエドとルゥの二頭以外は、皆そこにいるはずだ。

「っ……！」

見上げるほどの巨体の獣が柵《さく》を壊しシルラの庭に入りこもうとしているのを目にし、アイは凍りついた。

（グル……！）

その獣――グルは野生で最強の猛獣だ。アイの身長の二倍ほどもある体に鋭い牙と爪を持ち、体全体は赤茶けた剛毛で覆われ、爛々と輝く目は赤い光を放っている。

思い出すまいと封印していた過去の記憶がよみがえる。

逃げ惑い、悲鳴を上げる人たち……。

巨大な手に薙《な》ぎ倒され、壁に叩きつけられる体……。

（みんな、死んでしまう……！）

あのとき最後のグルをシルラが仕留めたと思ったのに、まだ生きていたのか。寒い季節は冬眠して手負いの体を休め、雪解けとともに腹を空《す》かして現れたというのか。

シルラたちの唸り声に、恐怖に固まっていたアイはハッと我に返る。

高い木の柵をバリバリと両手でへし折り侵入しようとする猛獣を、この里に残る全十二頭のシルラが待ち構えている。身を低くし、いつでも飛びかかれるような臨戦態勢だ。

だが人には即効性があり強力なシルラの毒も、グルに対してはその効果が半減する。最強の魔獣は飛びかかるシルラをひと薙ぎで引き倒し、鋭い牙を喉《のど》に突き立てるだろう。

「みんな逃げてっ！」

アイはためらわずグルに向かって突っこんでいく。グルは獣よりも人の肉を好む。アイが捕まり時間を稼いでいるうちに、シルラたちは逃げられるはずだ。

シルラを守るのが神子であるアイの使命だ。両親はそのためにアイを守り、生かした。一頭たりとも魔獣の毒牙《どくが》にかけるわけにはいかない。

不思議だ。恐ろしい獣に向かって走っているのに、何も怖くはない。これで、皆の待っているところへ行けるのだと思えば……。

（母さん……父さん……）

喜悦に目を輝かせ入ってきたグルの視線が、一直線に突っこんでくる人間、アイに移ったとき……。

「神子殿止まれ！」

有無を言わさぬ声に、反射的にアイの足が止まった。グワッと低い唸りを上げ、グルがアイを狙って丸太ほどもある腕を振り上げる。

ヒュンと風を切り飛んできた何かが、その肩にザックリと突き刺さった。薪割り用の斧だ。グルが凄《すさ》まじい叫びを上げる。

「っ……！」

「シルラと下がっていろ！」

疾風《はやて》のごとく横を駆け抜けた男が、羽でもついているかのようにヒラリと宙に舞い上がる。振りかざすのは彼の剣だ。シルラたちが興奮するといけないと思い、軍服と一緒に隠しておいた場所を知っていたのか。

剣はグルの頭に振り下ろされるが、魔獣は怒りの声を上げてギリギリでそれを避《よ》ける。刃は獣の胸を袈裟懸《けさが》けに切り裂くが、致命傷は与えられない。

傷を負ったグルはいきり立ち半狂乱になり、両手をめちゃくちゃに振り回しながらアーサーを捕らえようとする。

「アーサーさんっ！」

言われた通りシルラたちを促し後方に下がったアイは、思わず叫ぶ。息もつかせぬ猛攻撃が起こす風圧が、アイたちのところまで届いてくる。アイの頭ほどもある手の一撃をまともにくらえば、強靭なアーサーですらただでは済まされない。

凄まじいグルの攻撃を、アーサーは間一髪で避けている。いや、間一髪に見えるだけで、その動きには余裕がある。相手との間合いを計り見切って、飛ぶように避ける彼の表情には恐れも動揺もない。シルラたちと向き合っていたとき同様、氷のような無表情だ。

すばやい獲物をなかなか捕まえられずいら立ちを募らせたグルが、雄叫《おたけ》びを上げてアーサーに体ごと突進してきた。目にも留まらぬ身のこなしでそれをかわしたアーサーは、次の瞬間には魔獣の背後を取っていた。

木の柵を足がかりにして飛び上がったアーサーの剣が振り下ろされ、今度こそ、グルの脳天を直撃する。断末魔の叫びを上げ、魔獣は地響きを立ててその場に倒れた。怒りに満ちた赤い瞳から、急速に光が失われていく。

最強の魔獣に表情一つ変えず立ち向かい、容赦なく頭上に剣を叩きつけた男は、冷え切った目でその屍を見下ろしている。倒したことへの安堵すらない。ただ淡々と機械的にやるべきことをしたといったその無表情に、アイの胸はなぜか痛んだ。

（この人は、一体これまでどんなふうに生きてきたんだろう……）

きっとグルと戦い倒したことも、彼のこれまでの日常のただの延長なのだろう。

身を屈めたアーサーがグルの肩に刺さったままの斧を抜くのを見て、アイは我に返り彼に駆け寄った。

「アーサーさん！　怪我はないですかっ？」

思いがけず冷ややかな目を向けられ、アイはたじろぐ。

「愚か者が」

「えっ……」

「勝算もなく闇雲《やみくも》に敵に突っこんでいくとは。さっきのおまえは、まるで死にたがっているように見えたぞ」

「っ……」

図星を指され、アイは俯く。あのとき、みんなのところに行ける、楽になれる、と一瞬でも思ってしまったのは確かだから……。

「自分を守れない者は、誰も守れない。覚えておけ」

「は、はい……ごめんなさい」

アーサーの言う通りだ。アイが死んでしまったら、シルラたちを守る者はいなくなる。

シルラもまた、生きていけない。

そっと寄り添ってくるシルラたちの頭を、ごめんねと撫でてやる。尊い命のぬくもりが指先から伝わった。

「アーサーさん、ありがとうございました。助けてくださって」

アイはアーサーに向き直り、深く頭を下げた。恐怖が去った今、ありがとうの言葉だけでは足りない感謝の想いが湧《わ》き上がっていた。彼が助けてくれなかったら、アイもシルラも皆死んでいただろう。

「こいつは何だ？　初めて見る獣だが」

「グルという野生の獣です。国境付近の森にいたんですけど、ゾルディア国が侵攻のためにグルの森を伐採してしまったので、シルヴェリアのほうに移動してきたんです」

ゾルディア国が軍を増強しはじめたちょうど十年ほど前から、グルはシルヴェリア側の森に現れるようになった。ゾルディア国より気候が温暖で、食料になる野生動物も多いシルヴェリアのほうが、グルにとっては居心地がよかったのだろう。

はじめのうちは人を避けて森の奥でひっそりと生きていたグルたちだったが、十年前に襲った大寒波の影響で餌《えさ》である野生動物たちがいなくなってしまった。飢え死にを免れ生き残ったグルが目をつけたのは、人とシルラが慎《つつ》ましく暮らす小さな里だった。

アーサーは冷静な目で改めて周囲を見回す。嵐《あらし》が訪れ去っていった後のように壊された家々。撤去できていない瓦礫《がれき》もそこここに積まれている。過去の惨状の跡はまだそのままに残っている。

「もしや襲われたのか、こいつに」

静かに問われ、アイは痛みに張り裂けそうになる胸を押さえ頷いた。

「はい、十年前に。里の人は皆死にました。百頭以上いたシルラたちも、残っているのは今ここにいる十二頭だけです」

アイはつらい記憶を呼び覚ましながら、アーサーにそのときの様子を語る。

襲ってきたグルはたったの三頭だったが、飢え狂ったその猛攻は凄まじかった。里の者たちもシルラたちとともに果敢に立ち向かい二頭を倒したが、手負いの一頭が森に逃げていったときには、人間で息をしている者はもう誰もいなかった。

アーサーは黙って、この里で起こった悲惨な話を聞いていた。その表情はとても静かで、何を思っているのかは読み取れない。

「おまえは……」

話が途切れ重い沈黙が満ちる中、アーサーが口を開いた。

「どうして助かった。まだほんの子どもだっただろう」

「それは……母が、僕を地下壕《ちかごう》に隠してくれたからです。うちの、床下にあって……あのときまで僕は、そんなものがあることすら知りませんでした」

おそらくそういった危機的事態に備えて、その壕は以前から作られていたのだろう。シルラの神子の継承者を救うために。

――アイ、何があってもここから出ては駄目よ。

アイを怖がらせまいとしたのだろう。母はいつもの優しい微笑を向けて言った。

外からはただならぬ悲鳴やシルラの鳴き声が聞こえてきて、アイは震え上がっていた。

――母さん、行かないで！

壕の床戸を閉めようとする母の腕を、アイは泣きながら摑んだ。母は震えるアイの手に、温かい自分の手を重ねた。

――忘れないで。おまえはシルラの神子。この里とシルラたちを守っていく務めがあるの。だから、何があっても生き延びるのよ。いい？

――い、嫌だっ！　だって母さんはっ？　神子は母さんじゃない！

――母さんは父さんといる。いつもそうだったでしょ？

そう言って笑った母の顔は場違いなほどの平安に満ちていて、アイは言葉を失った。

――愛しいアイ、いつかきっとあなたにも母さんのこの気持ちがわかる日が来るわ。大好きな人を見つけて、幸せになりなさい。

アイの手をそっと腕から外し、母は床戸を閉めていく。

──母さん！

──大丈夫よ！　すぐに戻ってくるから、それまでそこでじっとしていなさい！

最後の声が届き、足音が遠ざかっていった。

アイは泣きながら膝を抱え、言われた通りそのままそこにうずくまっていた。悲鳴や不穏な物音が壕の中にまで届いてくるのに耐えられず、耳を両手でしっかりとふさいで。

どのくらいそうしていただろう。涙も枯れ果てぐったりと意識を飛ばしかけていたとき、床戸が動かされた。開いた隙間《すきま》から差しこむ眩《まぶ》しい光を背にして、エドとルゥがのぞきこんでいた。

あたりはすっかり静かになっていた。アイは固まっていた体を伸ばし、やっと壕から這い出た。

──母さん……父さん……？

小さな声で呼びながら家から一歩外に出た。そこには地獄絵図が広がっていた。

「神子殿、大丈夫か」

穏やかな声が届き、アイは固く閉じていた目を開ける。体が小刻みに震えている。あのときの光景を思い出すと、十年経った今でもそうなってしまう。

「ごめんなさい、大丈夫です。とにかくそういういきさつで、僕一人だけが助かりました。

八つの子どもでしたけど、生き残ったシルラたちがいろいろ助けてくれました。食料を取ってきてくれたり、寒い夜は添い寝してくれたり……」

だから、彼らはアイにとって家族同然なのだ。シルラたちがいたから、ここまでがんばってこられた。

「そうか……苦労したな」

そっけなく聞こえる抑揚のないひと言だったが、胸に温かく沁《し》みた。なんとなく、彼は心にもないことを言う人間ではないような気がするから。

重すぎる過去の話を打ち明け、思わぬ気遣いをさせてしまった。アイは気を取り直し、無理して作った笑顔をアーサーに向ける。

「悲しかったし大変でしたけど、泣いてる暇はありませんでした。残ったシルラたちを僕が守らなきゃって思ったし、何より母がいつも言ってくれていたことを信じようって思って」

——アイ、あなたはきっと幸せになるわ。

耳に残る母の声が、今日までアイを支えてきてくれた。

「僕が幸せになることが、両親の願いだったと思うんです。だから僕は、ちゃんとその願いを叶《かな》えなくちゃって。でないと天国にいるみんなに安心してもらえないですから」

つらくても笑顔でいよう。きっと幸せになれると信じよう。

そう自分に言い聞かせながら、シルラたちとともに十年間生きてきた。だから、これからもそうする。いつか自分も天国に旅立ったとき、両親にいい報告ができるように。

（やっぱりまだ、僕はそっちに行けないね、母さん……）

たとえ一瞬でも『楽になりたい』と思ってしまったことを、アイは後悔した。

好きな人を見つける。家族を得る。シルラを増やして苦しんでいる人たちを癒し、戦のない世を作る。

アイにはまだ、したいことがたくさんある。

「つらい話を聞かせてしまってごめんなさい。でも、僕は本当にもう大丈夫です。最後のグルもアーサーさんがこうして倒してくださったし、これまでより安心して暮らしていけます。本当にありがとうございました」

アイはペコリともう一度頭を下げ、動かなくなったグルの傍らにしゃがむ。手を伸ばし、開いていた目を閉じさせてやった。

「あの、軍に帰られる前に一つだけ、お手伝いをお願いしてもいいでしょうか？　このグルを森に埋めてやりたいんです」

　アーサーは訝しげに眉を寄せる。

「おまえの両親や仲間を殺した仇《かたき》をか？」

「死んでしまえば仇も何もありません。きっとこのグルも戦さえなければ、森を追われて人を襲うこともなかったはずですから。今は魂も綺麗になって空に昇っていったでしょう」

　アイとグルの死骸《しがい》を交互に見つめていたアーサーは、剣を置くとアイを退かせ、後ろからグルの両脇《りょうわき》に手を入れ持ち上げた。

「こいつを森まで運べるような台車はあるか」

　どうやら手伝ってくれるようだ。アイはパッと笑顔になる。

「はいっ、今取ってきます！」

「アイ」

　身を翻しかけたアイの足が止まる。『神子殿』ではなく、『アイ』と名前で呼ばれたのは初めてだ。

　聞き間違えかとびっくりして振り向く。アーサーはアイから目をそらしたまま言った。

「少し疲れた。どうやらまだ本調子ではないようだ。やはり、もうしばらくこの里で養生させてもらえないか」

先刻のグルとの戦いでの動きを見れば、彼がもう十分に回復しているのは明らかだ。おそらくはアイを気遣い、もう少しの間一緒にいてくれようとしているのだろう。

「はい、もちろん！　いつまででもゆっくりしてらしてください！」

嬉しくて、答える声に我ながら力が入ってしまった。照れくさくなって笑ってしまうと、アーサーはチラリと目を上げ、「早く台車を持ってこい」と顔をしかめた。

「はい、すぐに！」

台車を取りに駆けていく、アイの足取りは飛ぶように軽かった。

＊

「アーサーさーん！　アーサーさん……？」

朝食の後、やりかけの作業の続きをすると言って出ていったきり昼食の時間になっても戻ってこない男を、今日もアイは捜して歩く。アーサーは何かに夢中になると、時間を忘れ没頭する。

彼がこの里に来てからひと月の間に、里の景色はずいぶんと変わった。道端に積み上げられていた瓦礫は片づけられ、今にも崩れそうだった空家は壊されて更地が増えている。

非力なアイには手に余る重労働を、アーサーは率先して担ってくれている。彼の十人分の働きのおかげで、放置せざるを得なかった悲劇の爪痕《つめあと》は少しずつ消えつつあった。

体調が回復するまで、と言って里に残ったアーサーだったが、一ヶ月経っても変わらずそのままいてくれている。あまりにも荒れ果てている里の惨状を、見捨てては行けなかったのだろう。

警備軍のほうには国境付近の見回りと村々の支援ということで、許可を得ているようだ。アイ一人では到底手の回らなかった作業に、アーサーは積極的に手を貸してくれ、里の復興に尽くしてくれている。

今日はここ、明日はあそこ、と計画を語りながら家を直したり、空家を壊したりしてくれる彼に心から感謝をしながら、アイは密かに片づけ作業がずっと終わらなければいいいと思っていた。アーサーに、一日でも長くいてほしいからだ。

「アーサーさん、どこですか～?」

確か今日は、シルラの飼育小屋を増築する作業の続きと言っていたはずだが……。飼育小屋にもシルラの庭にも、その姿が見当たらない。彼がいない証拠に、シルラたちは庭でのんびりとくつろいでいる。アーサーが近くにいると、彼らはまだ警戒を解かない。

「アイ、こっちだ」

声がした。ピクリと耳を動かし前方に鋭い目を向けるエドとルゥを宥め、アイは声のしたほうへと足を速める。

ここだ、と手を上げたアーサーはかろうじて原型を保っている里の寄合所の、穴の開いた壁を修理しているところだった。

「アーサーさん、ここを直してくださってたんですね。ありがとうございます」

「里の中でこの寄合所が一番広いようだ。修繕すれば雨風もしのげるし、飼育小屋にも近い。いっそここもシルラ用にしたらどうだ」

「そうですね！　昼の間は日も差しこんで中はとても暖かいですし、シルラたちも喜びます。僕にはもう必要ない場所ですから、これからはシルラたちの寄合所ですね」

ね、エド、ルゥ、とニコニコと相棒たちを振り向くアイを、アーサーは、相変わらずおかしなことを言うヤツだ、といった顔で見る。

「シルラに寄合所は必要ないだろう。それとも、もしや鳴き交わすことで話し合いが可能なのか？」

大真面目《おおまじめ》に返され、アイは噴き出す。

「意思の疎通はできると思いますけど、人間みたいな話し合いはしませんよ。さっきのは冗談です」

クスクスと笑うアイに「わかりづらい冗談を言うな」とアーサーは少しだけむっとする。彼は基本的に冗談を解さない。面白みがないともいうが、要は生真面目すぎるのだろう。そんな彼の反応がアイには新鮮で、いつもついつい笑ってしまう。

思えばアーサーが来てから、アイはよく笑うようになった。もちろん、シルラたちといたときだって笑っていた。けれど誰か人としゃべって、声を立てて思わず笑ってしまうなどということは、アーサーが来る前はなかった。

両親や、仲間がいた頃のことを思い出す。

「アーサーさんが来てから、なんだか昔に戻ったみたいです」

ありがとう、とアイは頭を下げる。

「いや、まだまだだな」

アーサーはその礼を違う意味に取ったらしく、寄合所の周囲に視線を巡らせている。

「すべてを元の状態に戻すのは難しいが、もっと居心地のいい場所に作り変えることは可能だ。荒廃した場所に居続けると心が摩耗していく」

まずはあそこを修繕し、ここを片づけて、と今後の計画を語る生真面目な様子にまたクスッと笑ってしまいながら、アイはふと首を傾《かし》げる。

「あの、でも、もう誰も住まない家を直す必要ってあるでしょうか？　里には僕しかいないのに……」

アーサーはわずかに瞳を見開きアイを見た。それが意外に思っているときの表情だと、このひと月の間に、アイにもわかってきている。

「おまえ、まさか一生独りでいるつもりではないだろう？」

「えっ？」

「この里にもまた人が増える日が来るのだろうが。おまえはそれを信じているのでは？」

そうだった。アイの夢は、シルラたちと身を寄せ合いここでひっそり暮らすことではない。もっともっと、大きなものだ。

「はい、そうでした！」

アイは満面の笑みで頷く。その夢を、アーサーが覚えていてくれたことが嬉しい。

「僕も、もっとがんばらなくちゃ。修繕も片づけも気合いを入れないとですね」

「入れるな。おまえが張り切るとかえって邪魔だ。この間のように、壁に新しい穴を開けられても困る」

「あ、あれはちょっと……もうしませんったら」

本気で嫌そうな顔をするアーサーに、首をすくめつつアイはまた笑ってしまう。彼がいろいろな表情を見せてくれるようになったのが……というより、自分が彼の表情を読み取れるようになったことが嬉しい。

「アーサーさん、そろそろお昼ご飯にしましょう」

ひとしきり笑ってからアイが昼食の入った籠《かご》を持ち上げると、アーサーの瞳はわかりやすく輝いた。

ひと月一緒にいてわかったことがもう一つ、アーサーはかなりの食いしん坊だ。ときどき彼のことをシルラのようだと思う。シルラも餌をたくさん食べるし、いつも毅然として揺るがない。人のように悩んだり落ちこんだりせず、あるがままに生きている。そんなところがとても好ましくて憧《あこが》れる。

「ねぇアーサーさん、今日のお昼は湖のほとりで食べませんか？」

「わざわざ湖まで行って、また戻ってくるのか？　時間の無駄だろう」

とことん無駄を嫌う男は、予想通り訝しげに首を傾ける。

「綺麗な景色を見ながら食べると、ご飯が倍おいしく感じられるんですよ」

一度試してみてください、と、アイは不審げな顔のままの彼の腕を引いた。


いい天気だ。湖面がキラキラと光を反射し、宝石をまいたように美しい。外で食事をするにはまだ少し肌寒い時期だが、今日は風もなく、木漏れ日はやわらかく暖かい。

「確かに、悪くない」

瞬く間に食べ終えたので、景色など見ていないかと思ったアーサーが、湖に向けた目を細めつぶやいた。その表情はいつもよりやわらいでいる。

「おまえの言った通りだ。これからはたまにこうして、外で食べるのもいいな」

よかった、とアイはホッとする。シルラがいつも近くにいるせいか、彼からは常に警戒の気が漂っていたので、こんなふうにリラックスできる時間を持ってほしかったのだ。

「食事をともにする相手も、重要なのかもしれない」

独り言のようにつぶやかれた言葉に、「えっ?」と思わず聞き返してしまった。

「おまえとだと楽だ。その気の抜けるような顔がそばにあると、こちらまで力が抜けてくる」

そう言いながらアーサーは手を持ち上げ、指をアイの顔のほうに伸ばしかけた。心臓がトクンと高鳴る。その指は触れる寸前で下ろされてしまったが、びっくりしてときめきが止まらない。

『気の抜ける顔』なんて、決してほめられてはいないのだが、一緒にいると安心すると言ってもらえたようで嬉しい。

「軍では、外でご飯を食べることとかはないんですか？」

「野営はあるが、常に敵を警戒しながらだ。景色をのんびり眺める余裕はないな」

アイには想像もつかない厳しい世界なのだろう。彼が異常なほど時間に正確で労働中は無駄口一つ叩かないのも、何事にも真摯《しんし》に取り組み合理的に対処するのも、軍隊での生活で培われたものに違いない。シルヴェリア国の軍隊訓練の厳しさは、アイも噂《うわさ》で耳にしている。

けれど綺麗な景色を美しいと思ったり、何も考えず安らいだりする時間を、たまには過ごさせてあげたいと思う。

（せめてこの里にいる間だけでも、ゆっくりしてほしいな）

リラックスした横顔をそっと見つめながら、アイは心から思う。

（シルラたちもアーサーさんと仲良くなって、一緒にくつろいでくれたらもっと嬉しいんだけど……）

いつもは湖のほとりで寝そべっているシルラたちも、今はアーサーを警戒して小屋に戻ってしまっている。ついてきたのはエドとルゥだけだ。

「アーサーさん、あの、もうひと月経ちますし、シルラたちを受け入れてあげてくれませんか？」

アイはおずおずと提案してみる。これまでも何度か頼んでみたのだが、いい返事はもらえなかった。今も、ゆったりとしていた表情がやや険しくなっている。

「向こうが私を敵視している以上、受け入れられるわけがないだろう」

「あの、だからそれは、アーサーさんのほうなんです。アーサーさんがシルラを危険だと思って警戒しているから、あの子たちもそのまま返してくるんです」

その話も何度もした。けれどアーサーには信じてもらえない。

「シルラは本来は癒しの神獣です。世界から争い事をなくすために送られた、平和の使者です。凶暴になるのは人の荒《すさ》んだ心に反応するからで、互いに憎み合うと滅ぼし合う未来しかないことを、天が教えようとしているんです」

真摯に言い募るアイに相手はわずかに戸惑う様子を見せたが、すぐに頑《かたく》なな表情に戻る。

「しかし私はかつて、戦闘地域でシルラを目撃している。まだ幼い頃だったが……」

アーサーは湖のほうへ視線を戻す。その瞳に暗い影が宿る。

「二十年以上前だ。ゾルディア国に攻められ、私の生まれ育った辺境の村は全滅した。当時はそういった小規模な侵攻が頻発していたからな。両親は亡くなり、私は一人残された」

思いがけない過去が明かされ、アイは息を呑んだ。つけ加えられた「おまえと同じだ」

というひと言が、鋭く胸に刺さってくる。彼の受けた心の傷の痛みが、アイには自分のことのようによくわかる。

「そのときに、死にかけ朦朧とする意識の中で、私はシルラを見たのだ。黒々とした体からは青白い炎が燃え上がるようだった。凄まじいほどの憎悪の気を放ちながら、シルラは敵軍をあっという間に撃退した。シルラは恐ろしい猛獣で、両刃の剣だ」

攻撃態勢に入ったシルラを間近で見たのなら、そのイメージは恐怖とともに少年アーサーの脳裏に焼きついたことだろう。

（でも、違うのに……）

それはシルラの本性ではない。なんとかわかってほしいと思いながらも、つらい記憶をよみがえらせてしまったことをアイは後悔する。もしかしたらアーサーはシルラを見るたびに、その過去を思い起こして胸を痛めていたのかもしれない。

「つまらない話をしたな。忘れろ」

アイが俯いて黙りこんだのを見て、アーサーはやわらいだ口調で言った。アイはあわてて首を振る。

「いいえ！　アーサーさん、僕のほうこそごめんなさい……つらいこと話させてしまって……」

「昔のことだ。それに、おまえの過去ほど悲惨ではない。その後私は軍人の家に養子に行き、兵士となる教育を受けられたのだから」

けれどももし両親が生きていたら、彼にも違う今があったかもしれない。大切な家族とともに、綺麗な景色を見ながらゆっくりと食事ができるような、そんな日々が……。

グルを躊躇なく一刀両断にした感情のない瞳がよみがえり、アイの胸はキリキリと痛んだ。

「アーサーさん……今度僕とシルラたちと一緒に、近くの村を訪問してみませんか？」

アイの提案に、アーサーはわずかに目を見開く。

「シルラを連れて村に行くのか？　なんのためだ」

「シルラたちの本当のお務めをするためです。それは、戦いではないんです」

アーサーに知ってほしかった。シルラがなぜこの世に遣わされたのか。シルラと神子であるアイに、どんな使命があるのか。

このひと月はアーサーに気を遣い、村での活動を休んでいたのだが、いつかその務めについて話したいとは思っていたのだ。

「同行させてもらおう。確かにおまえの言う通り、私は攻撃的なシルラしか見たことがないからな。真の姿とやらがあるのならそれを知る必要がある。でないと公平な判断ができかねる」

彼らしい考え方だが、アイはよかったと息を吐く。

シルラの本来の姿を知ってもらうことで彼の過去の悲しい記憶が薄れ、心の傷が少しでも癒されるようにと祈らずにはいられない。

アーサーが、ふと思いついたようにエドとルゥのほうを見た。

「ところで、シルラは今いる十二頭だけと言っていたが、十年前から増えていないのか？」

「えっと……実は、そうなんです」

それはまさにこの十年、アイの頭を悩ませ続けていることだった。

グルに襲撃される以前、シルラの数は里の人間の数より多かったほどで、大人たちは毎日その世話に追われていた。子どもだったアイも子シルラたちの遊び相手となり、ふかふかのやんちゃな獣たちにじゃれつかれて楽しかった。

それがこの十年間、子シルラがまったく生まれなくなっているのだ。

「飼育小屋を拡張しても数が増えないのではな。シルラの寿命は、人より長いと伝えられているようだが？」

「はい、百五十年くらいは生きます。だけど、このまま子どもが生まれないと……」

シルラは絶滅してしまう。

呑みこんだ言葉を、アーサーは察してくれたようだ。

「交尾の時期は決まっているのか？　繁殖行動に入らないのは、何か体に問題があるのではないのか？」

エドがアーサーを見てううっと不満げに唸る。賢い彼らはちゃんと人の言葉を理解しており、自分について何か嫌なことを言われたのがわかったのだろう。

「みんな健康でなんの問題もありません。本当は雪が溶けて暖かくなってくる、ちょうど今頃から子作りを始めるはずなんですけど……」

シルラにも人のように決まったつがいがいて、そのペア以外の者とは交尾しない。一度の出産で産まれる子どもの数は二、三頭だが、年に二回ほど出産時期がある。生まれた子は一年ほどで成獣になり、つがいと交尾できるようになるので、この十年で順調に繁殖が進んでいればかなりの数になっているはずなのだ。

（僕がこの子たちと、もっと意思の疎通ができたらいいのに……）

子どもだったとはいえ遊び呆《ほう》けることなく、母にもっといろいろなことを教えておいてもらえばよかった。

「心配なのは、シルラのことだけではないがな」

アーサーは、今度はアイに向き直る。

「シルラが人より長生きだというなら、おまえがいなくなったらどうなる？　神子は継承なのだろう？」

「うっ……」

痛いところを突かれた。それもまた、アイの大きな悩みの種なのだ。シルラの繁殖ももちろん大事だが、シルラを守る神子の務めを継ぐ者もまた重要だ。シルラたちはすでにペアが決まっているが、アイにはまだその相手すらいない。

神子のつがいは誰でもいいというわけではない。母にも言われていた。それは運命的なもので、出会った瞬間に惹《ひ》かれ合うものなのだと。

チラリと隣のアーサーを見る。

シルラと対峙していた彼を初めて見たとき、確かに心が揺れた。伝説の軍神のような美しい容姿に目を瞠り、胸がドキドキとときめいた。恋愛というものがどんなものか知らないアイでも、あの初めての感覚はそれに似ているように思えた。

その後もともに暮らす中で、アーサーに目を惹きつけられることはしょっちゅうだ。やっとわかるようになってきた表情の変化。瓦礫を軽々と持ち上げるたくましい腕。一見ぶっきらぼうに見えながら、細やかにアイを気遣い重労働を替わってくれる優しさ。そして、つらい過去を語る陰った瞳。

（どうしても気になるんだよね、アーサーさんのこと……）

実のところ、最近は夜寝床に入りアーサーのことを思うと、体の奥が熱くなってくるような妙な感覚になる。単に疲れて熱っぽいのかなと思っていたが、もしかして違うのではないだろうか。

（アーサーさんじゃ、ないのかな……？）

アーサーこそが、自分の運命のつがいではないのか。

その思いはこのひと月の間、ずっとアイの中にあった。それをまだ相手に聞けていないのは、なんとなく恥ずかしくてどう切り出していいのかわからなかったから。それと、彼のほうがアイをまったく意識していないように見えるからだった。

もしも運命のつがいなら、互いに同じような感情を抱くものではないのだろうか。

「どうした。何か言いたいことでもあるのか？」

じっと見つめすぎていたらしい。アーサーが怪訝《けげん》そうに聞いてきた。

そうだ。今を逃すと、またきっと聞けなくなってしまう。今しかない。

「あ、あの、アーサーさんっ！」

力みすぎて結構な大声が出てしまい、何事にも動じないアーサーに加えエドとルゥまでが同時に体を引く。

「なんだ一体？　驚くだろう」

落ち着こうと咳払《せきばら》いをしてから、アイはずっと聞きたかった問いを口にする。

「アーサーさんは、アルファですよね？」

「ああ、そうだが」

「僕は、こう見えてオメガなんです」

「まぁ一見わからないが、そうだろうな。シルラの神子は継承者を産まねばならないだろうから」

一見わからないが、などと言われて傷ついてはいられない。確かにアイは幼な顔で色気もなくオメガ的な魅力は欠片もないし、アーサーがたまに正直すぎる気遣いのない発言をするのもいつものことだ。

アイはぎゅっと拳を握る。

「僕は、母に言われていました。いつかきっと運命のつがいと出会えて、その人と家族になれるから、と」

「母上もおまえを心配されていたのだろうな。何しろ里の存続に関《かか》わることだ。神子の継承者がいなくなれば、シルラも生きてはいられまい」

まったく自分と関係ない話と思っているらしく、アーサーは思案顔で頷いている。

駄目だ。遠回しに言っていても彼には通じない。

「僕、ずっと待ってたんです、つがいの人と出会えるのを！　ア、アーサーさんはもしかして、ぼ、僕の運命の人ではないですかっ？」

ずいっと詰め寄り、アイは直球で問いかけた。ところが全期待をかけた問いに相手は一瞬眉を上げ、軽く肩をすくめただけだった。

「それはあるまい。私は軍人だからな」

肩に入っていた力が一気に抜けていく。

「ぐ、軍人さんだと、どうして違うんですか？」

「この体も命も、すべて国と国王陛下に捧げている。つがいを持ったところで、その者には何も与えられない。ほかの者はどうか知らないが、少なくとも私はそうだ」

迷いない口調できっぱりと告げられ、胸いっぱいになった期待が見る見る萎《しぼ》んでいく。

これは婉曲《えんきょく》に『お断り』されたのだろうか。いや、アーサーのことだから本心なのだろう。アイのことが好みではないからという理由でないのが、わずかな救いだ。

「そうですか……。あ、ごめんなさい、変なことを言って。僕はアーサーさんのことがすごく気になるから、それで……」

正直に口走ってしまい、アイはあわてて両手で口をふさぐ。アーサーにやや驚いたような目を向けられ、頬が熱くなる。

「私が気になる？　もしや、何か感じるものがあるのか？」

「えっ？　は、はいっ、じゃなくて、えっと、そのっ……！　そう、なんです。アーサーさんを見ているとドキドキしたり、体がなんていうか、変な感じになったりします……」

直截《ちょくせつ》的に聞かれて焦りながらも、嘘《うそ》はつけないアイだ。これ以上ないほど真っ赤になりながら、ボソボソと打ち明けてしまう。恥ずかしくてアーサーの顔がまともに見られない。

「なるほど。アルファとオメガがともに暮らしていれば、そういうこともあるかもしれないな」

対して、アーサーのほうは極めて平坦な口調だ。

「アーサーさんは、何も感じないですか？」

「ああ、感じない」

がっくりと俯きかけたアイの耳に、「ただ、それはおまえのせいではない」と届く。

「私はオメガの発する特殊な気に反応しないよう、特別な薬物を定期的に摂取している。敵国のオメガの密偵に惑わされないためだ。薬で抑えられないほど性欲が高まった場合でも、耐えられる訓練も積んできた」

「軍人さんは、そんなに大変なのですか……」

シルヴェリア国軍の兵士がかなりの厳しい訓練を積むことは噂では聞いてきたが、そこまでとは思わなかった。そうやって己を鍛え、自然な欲望にまで耐えながら、アーサーたちは国を守ってくれているのだ。自分の小さな悩みに彼を巻きこんではいけない気がした。

「大変ではない。当然すべきことだ。ただそういうわけで、おまえのつがいになることはできない。おまえに限らず、誰のつがいにもならないが」

「そうですよね……」

これだけはっきり言われてしまうと、アイも引き下がらざるを得ない。この先アーサーよりも気になるアルファとの出会いなどあるのだろうかと不安になるが、それよりも彼の話のほうに今は胸を痛めていた。

（この先アーサーさんが、誰か好きな人と幸せな家族になることって、ないのかな……）

平和な世界で彼が大切な誰かと笑い合い、景色のいいところで一緒にお昼ご飯を食べる。そんな風景を見てみたい。その誰かが自分ではなくとも、きっとアイはとても嬉しい気持ちになるだろうから。

「そんな顔をするな。自分の選んだ人生に不満はない。国の平和のために身を捧げられれば本望だ」

複雑な表情で俯いたアイに、アーサーは少しやわらいだ声をかける。

「そう、ですね。わかります」

口先だけでなく、アイにもわかる。いつだってシルラの神子としての務めが第一で、自分の幸せは二の次だからだ。

ただ自分ではそうあるべきだと常に思っているけれど、母がいつも信じろと言っていてくれたのは、アイ個人の幸せだった。

「だけど僕、思ってしまいます。アーサーさんにも、信じてほしいなって」

「信じる？　何をだ」

「いつか戦争がなくなって平和な世の中になったとき、アーサーさんがどなたかと幸せになれること。あの、よかったら、僕が勝手に信じて祈らせてもらってもいいですか？」

名案に表情を明るくするアイに、アーサーはわずかに眉を上げる。

「私の幸せを、おまえが祈るというのか」

「はい。自分以外の誰かの幸せを心から祈れるって、とても嬉しいことですから。どうかそうさせてください」

引き締まった口元が、フッと確かに笑みを刻んだ。食事のとき以外で初めて見る笑顔に、アイはドキリとする。

「おかしなヤツだな、おまえは」

大きな手をポンと頭に乗せられた。優しげに見える瞳にじっと見つめられ、断られたばかりだというのに胸が震えてしまう。

「さて、のんびりしすぎたようだ。作業に戻るぞ」

何事もなかったかのように立ち上がり戻っていく広い背中を見ながら、アイはこっそり自分の手を頭に乗せてみた。微かに残ったぬくもりが嬉しくて、フフッと自然に笑みがこぼれる。

「アーサーさん、待ってください！」

足取り軽く、アイはその背を追っていった。

＊

シルラとともに村を訪問するのは神子の大切な務めだ。生きていた頃は父と母も、シルラとアイを連れてよく出かけていた。村の人たちと話をするのはとても楽しくて、早く自分も大きくなって両親の手助けをしたいと思っていた。

十年が経ちすっかり大人になったはいいが、シルラの数も人手も減り、国境付近の村すべてをアイ一人では到底回り切れなくなっていた。今日足を運ぶ予定のエメリ村はもっとも里に近く、このあたりでは大きな村だ。

湖のほとりで話をした三日後、アイはアーサーを伴ってその村に向かっていた。今日はエドとルゥに加えて、もうひと組つがいのシルラを連れている。

「エメリ村か。里よりさらに国境寄りの古くからある村だったな。民もそれなりの数がいる」

さすが国境警備兵、アーサーはこの近辺のことをよく調べているようだ。

「アーサーさんたちは、行かれたことはありますか？」

「周辺を見回ったことはあるが、私は立ち寄ったことはない」

「お年寄りの多い村で、具合の悪い方もたくさんいらっしゃいます。農作業もはかどらなくて、皆さん大変なようです」

「もしや、若い者が戦の備えに取られるからか？」

アーサーの眉が微かに寄せられる。

「はい。若い方々が交代で国境の見張りにつかれるようになってからは、人手が足りなくて……。それと戦のために、必要な食料や物資もなかなか届かなくなってしまいました」

「見張りなら警備軍に任せておけばいい。村の民は軍を信頼していないのか？」

「もちろん信頼しています。ただ、何か役に立ちたいのです。皆さんシルヴェリア国と国王陛下を愛していますから」

前王の急逝により若くして王位についた現国王は、賢く美しく、とても心優しい民想いの王だと耳にしている。民を守るために王が国境警備軍を配置してくれたおかげで、アーサーの村のようにゾルディア国軍に攻めこまれ略奪される不幸な村もなくなった。村の、特に若者は王を敬愛し、国のために何かしたいと思っているのだ。

国軍の兵士として感心してくれるかと思ったのだが、アーサーは思案顔で黙ったままだった。

しばしの沈黙を経て口を開く。

「それでおまえの務めというのは、労働力の補充か」

あまり役に立ちそうもないが、とアイとシルラたちを見るアーサーに、「ではなく」とアイは笑って首を振る。

「村の皆さんを笑顔にするお手伝いです」

ニコニコと答えるアイに、アーサーが怪訝な顔をしたところで……。

「これは神子様！」

「シルラ様！」

見えてきた村から、高齢の村人たちが数人駆け寄ってきた。

「皆さん、お久しぶりです。しばらく来られなくて申し訳ありませんでした」

頭を下げるアイの前に、老人たちは泣かんばかりにひれ伏す。

「もったいないことです！」

「お元気そうで本当に何よりです！」

「さぁさぁ、ほかの者たちにもお顔を見せてやってください！」

あっという間に村人たちに囲まれ、どうぞどうぞと引っ張っていかれる。

村では神子もシルラも天使のように崇められているので、下にも置かれぬ扱いにアイは慣れていたが、アーサーはどう思うだろう。気になって振り向くと、予想通り呆気《あっけ》にとられアイとシルラをまじまじと見ていて、急に気恥ずかしくなる。

アイは母の所作を見習い神子らしく毅然と振る舞おうと心がけているし、シルラたちも彼の近くにいるときとはぜんぜん違う。穏やかな思慮深い瞳で村人たちに対しているその体は、神々しいまでの白銀色に輝いている。神の獣の真の姿だ。

「神子様、そちらのお方は……？」

仙人のような風貌《ふうぼう》の貫禄《かんろく》のある村長が、連れのアーサーに気づいた。村人の視線が一斉に彼に集まる。

「あっ、こちらは、あの……」

「いやいや、みなまでおっしゃいますな！　見ればわかりますぞ。神子様の運命のお方であらせられますな！」

「えぇっ？」

「おおっ、ついに神子様につがいが！」

「なんとお美しくご立派な殿方だ！　ありがたい！」

わっと全員が騒ぎ出し、アイは大いにあわてる。とっさにアーサーを見ると、相手もポカンとアイを見返している。アイ同様ひれ伏さんばかりに崇められ半ば呆然《ぼうぜん》としているその顔は新鮮で、つい噴き出してしまいそうになったがそれどころではない。早く否定しなくては……。

「あ、あの、皆さん……っ」

「神子様、おめでとうございます！　我ら皆、この日を待っておりました！」

目に涙をいっぱい浮かべた村長に遮られ、続く言葉が止まってしまう。

「皆シルラの里の行く末を、密かに案じておりましたのです。ですがこれで里も安泰、シルラ様たちもさぞお喜びでしょう！」

「里がまた、以前のように栄えていくのですね！」

「神子様よかった！　お祝い申し上げます！」

「み、皆さん……」

村長だけでなく、アイを囲んだ全員が涙ぐみ、祝福の笑顔を向けてくれている様子に、アイの目頭も熱くなってくる。皆口には出さなかったが、里に独り残ったアイのことをずっと心配してくれていたのだろう。

けれど、誤解は誤解だ。がっかりさせるのは忍びないけれど、本当のことを言わなくては……と口を開きかけたとき、ポンと肩に手が置かれた。

「ご一同、これまで神子を見守ってくださり、つがいである私からも心から感謝申し上げます」

口元に穏やかな笑みまで浮かべて村人たちに礼を言った隣の男を、アイはギョッと見上げた。チラッとアイに向けられた目が合図してくる。いいから言うな、と。

「世話になりついでにお願いしたい。私はずっと里にいられる身ではないので、どうか今後も神子のことをよろしく頼みます」

頭を下げるアーサーに「当然のことです！」「畏《おそ》れ多い！」と村人から声が上がる。皆アーサーの堂々とした外見と態度に、安堵の思いを強くしたようだ。

「なんというご立派なつがい様だ。神子様とはどこで知り合われたのかな？　近辺の村ではお見かけしない方のようですが」

「やっ、あの、その……っ！」

「私は国境警備軍の兵士なのです。森で怪我をして倒れているところを神子に助けられました」

おろおろするばかりのアイに代わって、村長の質問にアーサーがすらすらと答える。

「おお、軍の方でしたか。これはまさに神のお導き」

「お会いになった瞬間にお二人にはわかったのですかっ？」

「運命のつがいはそういうものだと聞いております！」

婦人たちの興味津々の質問にはさすがのアーサーもたじろぐかと思いきや、驚いたことに涼しげな笑みまで返している。何事にも動じない男は、こんなときも動じないらしい。

「神子を見たときは驚きました。こんなにも愛らしく清らかな人が、シルラの里を一人で守っているとは、と。自分にとって特別な人だとすぐにわかりました」

大嘘だ。アイはあんぐりと口を開けそうになる。軍では演技の訓練まで受けてきたのか。

「神子様も？　神子様もですかっ？」

自分のほうに質問の矢が飛んできて、アイはあわてて表情を整える。

「え、ええ、僕も、この人に響くものを感じました。胸が震える、といいましょうか……」

アイは別に嘘をついているわけではない。アーサーが運命の相手だったらいいのに、と今だって思っているのだから。

村人たちはアイの答えにさらに盛り上がっている。

「お二人の仲の良さを見ると、二世のご誕生も間近でしょうな！　神子様にはたくさんのお子を作っていただいて、里を繁栄させていただかなくては」

「村長様ったら」

「そんなお気の早いっ」

笑い交じりで周囲にたしなめられ、いつもは気難しい村長が豪快に笑う。アイはさらにいたたまれない気持ちになるが、肩に置かれた手にグッと引き寄せられて体が固まる。アーサーが見たこともない優しい瞳で見下ろしている。

「それはもちろん。ご期待に応《こた》えるべく、我々もがんばらねばな、神子」

肩の手はアイが逃げるのを許さない。頬が急に火照ってくるのを感じながら、アイはややひきつった笑みを返す。

「そ、そうですね。皆さんにいいご報告ができますように」

「神子に似た子はさぞ可愛《かわい》かろう」

「っ……！」

さすがにここまでの芝居はやりすぎだ。アイはアーサーの手をさりげなく払って、神子スマイルでポンと手を打った。

「さ、さぁ村長さん、皆さん、このお話はここまでに。あの、まずはシルラにお水をいただけますでしょうか？」

アイとアーサーに微笑ましい眼差《まなざ》しを向けながら、村人たちがシルラを水場に案内していってくれる。アイたちもお茶を勧められ、休憩用の木の椅子《いす》に座らせてもらった。

「ちょっとアーサーさん、どうするんですかっ」

人々が気を利かせてシルラとともに離れていくのを見計らい、アイはアーサーの脇腹を肘《ひじ》でつついて小声で抗議する。

「皆さん信じてしまいましたよ？　あなたが、その、僕のつがいだって」

「そのようだな」

「そんな平然とっ」

「ああ、まぁ、おまえの同意を得なかったことについては謝るが、あの場では彼らを落胆させるべきではないと判断したのだ。大体、あれだけ期待のこもった目を向けられて、違うと言えるか？」

　アーサーは悪びれずに言い返す。

「見ただろう、彼らの顔を。皆心から安堵し喜んでいた。私をつがいと勘違いするまではどこか暗い表情だったのが、見事に一変したぞ」

「そ、それは……」

　確かに、村人たちのあんな輝くような笑顔を見たのは初めてだ。アイのいい知らせに、誰もが涙を流し喜んでくれていた。暗く不安な情報しか入ってこない中で、彼らにとってそれは本当に嬉しい報告だったのだろう。

　アイも皆の笑顔が見られて嬉しかった。胸が震えた。感謝でいっぱいになり、アイのほうが泣きたくなるほどだった。

「民の笑顔はいいものだな。しばらくあんな顔は見ていなかった気がする」

　アーサーはつぶやき、シルラの毛を梳《す》いたり水を飲ませたりしている村人の笑顔に目を細める。

「それは、僕もわかります。だけど、嘘はいけません。嘘だって知ったら、皆さんどんなにがっかりされるか……」

「なるほど、そうだな……おまえが早く本当のつがいを見つけて、前の男は間違いだったと言えばいい。問題ない」

「ありまくりですっ。アーサーさんのお芝居が上手すぎて、皆さんの期待度が高まっちゃった」

「そんなにうまかったか。まぁ、私は敵国に潜入する場合を想定した密偵訓練も受けているからな。自信はある」

「ほめてないですからね？」

「芝居ならおまえもたいしたものではないか。感心したぞ」

「ぼ、僕はお芝居なんかしてませんっ」

「高貴な神子ぶりがなかなか板についていた。村の者は皆知らないのだろうな。おまえがしょっちゅう瓦礫につまずいて派手に転んだり、寝坊してはシルラに踏み起こされたり……」

「しーっ！　駄目ですよ、皆さんがっかりしますからっ」

「なぜだ？　いつものおまえでいればいいではないか」

本気で不思議そうに問われて、アイは「えっ」と固まってしまう。

「な、なぜって、神子は神子らしくちゃんとしていないと……。そういうの求められてますから」

母は常に毅然と美しく女神のようだった。里でもほとんど変わらず、家の中でも大口を開けて笑うことなどなかった。アイにはとても優しい母だったが、彼女は母である前にまず神子だった。

「どんなおまえでも、神子であることには変わりないだろう。普段通りの自然なままでいたほうがおまえも楽になるし、村の者たちも親しみが増すのではないのか？」

もちろんアーサーは、本心からそう言ってくれているのだろう。アイもそうしたい気持ちはあるけれど、村の人たちの期待を裏切ってしまうのが怖いし、未熟な神子では皆を不安にさせてしまうかもしれない。

「で、ですけどあの、その言葉はアーサーさんにそのままお返ししたいです」

「私に？　どういうことだ」

「アーサーさんも軍の兵士さんとして、本当の自分を隠さなきゃいけないことも多かったんじゃないかなって」

アイの指摘に、アーサーは思いもかけなかったという表情をする。

「今でもアーサーさんは軍人さんとして、嬉しかったり悲しかったり、そういうのを表に出せないんだろうなって。悩みなんかなくて何があっても動じないように見えるけれど、本当は僕と一緒なんじゃないかって……。僕も、神子としてちゃんとしなきゃっていつも思ってきたから、なんとなくわかるんです」

口にしながら、アイはこのひと月彼に対してずっとそう感じてきたことを、改めて自覚する。

少しずつ、本当にわずかだけれど、最近彼の顔を見て感情の変化がわかるようになってきた。そのことがすごく嬉しい。でも、本当はもっと笑ってほしい。機械のように冷静な無表情ではなく、喜んだり、悩んだり、戸惑ったりするいろいろな顔が見てみたい。

彼と自分は同類なのだ。まずは立場があり任務があって、それが常に優先順位の一番上にくる。

アイの言葉にアーサーはすぐに反論せず、複雑な顔で何か考えこんでいるようだった。

言いすぎたかな、と心配になりはじめたとき、タイミングよくにこやかな表情で村長が近づいてきた。

「いやいや、お二人は本当に仲がおよろしいようですな」

見れば村人たちが遠巻きに、ニコニコしながら二人を見守っている。軽い言い争いのようになっていたのだが、ひそひそと声をひそめていたので内緒話をしているように見えたのかもしれない。

「あっ、あの、申し訳ありません」

アイはあわてながら背筋をしゃきっと伸ばす。チラッと隣を見ると、密偵訓練も受けている男は完璧《かんぺき》に取り繕った笑顔を浮かべていて、

「これは失礼しました。さぁ神子、お務めをしなさい。話は帰ったらまたゆっくりと」

などと言っている。軽く相手を睨《にら》むと、アーサーは目線をそらしたまま、早くしろとばかりに背を押してきた。

思いがけない展開に気持ちが揺れ動いてしまったが、ここに来たのは人々を癒す務めを果たすためだ。気持ちを切り替えようと、アイは深く息を吐いた。

背を伸ばし前に進み出ると、水を飲み終えたシルラたちが従ってくる。その場の空気が明らかに変わり、厳かなものになっていく。

前にいた村長たちが道を開ける。その後ろから進んできたのは、見るからに体の弱った者たちだ。

息が苦しいのか胸を押さえている者。痛そうに足をひきずって歩く者。一人では立っていることもできず、戸板に乗せられてくる者。

その病人全員が、アイとシルラを見て力のない瞳を輝かせた。

「おお、神子様……」

「シルラ様……なんと畏れ多い……」

アイは涙が出そうになるのを必死で耐える。

たくさんの人が苦しんでいる。いつ敵が攻めてくるのかという恐怖で精神が摩耗し、食料の確保ができず飢える恐怖と戦い、戦のために家族を取られてつらい思いをしている。

アイとシルラたちが今できるのは、本当にわずかなことだ。それでも、少しでも彼らの力になりたい。希望の光をその手に持たせてあげたい。

「皆さん、来るのが遅くなってしまってごめんなさい。つらかったでしょう」

涙を堪《こら》え、アイはつき従ったシルラたちを振り向いた。四頭のシルラたちが一斉に、病人たちの傍らに寄り添うように進み出る。その毛並みは普段よりも明るさを増し、光を放っているかのように輝いている。

静謐《せいひつ》な瞳で病人を見つめていたシルラたちが、それぞれ片方の前脚を上げそっと彼らに触れていく。きらめく光の粒が病んだ人たちを次第に包みこんでいく様を、皆厳粛な面持ちで見つめている。

「おお……っ」

「体が楽になっていきます」

「神子様、痛みがなくなりました」

病人たちの顔から見る見る苦痛が消え、戸板に乗せられていた人も起き上がり表情を輝かせる。全員が目に涙を浮かべ、シルラの前に頭《こうべ》を垂れる。

シルラは人間の病や怪我を癒す。それが天から授けられた能力であり役目だ。決して、兵器として戦闘に参加させられるために遣わされたのではない。

（アーサーさんにも、わかってほしい）

今もシルラたちに警戒心を抱いているアーサーに、本当の姿を見てほしかった。そのために、こうして村に同行してもらったのだ。

「これは……」

一歩下がって成り行きを見守っているアーサーの、驚きを隠せない声が届いてくる。もしかしたら、毒を持つシルラが村人を傷つけないかと心配していたのかもしれない。

「神子様、シルラ様、本当にありがとうございます！」

癒された病人をはじめ、周囲で見守っていた村人たちが村長とともに頭を下げる。

「これまで病んだ者を何人救っていただいたことか。このエメリ村がまだ存続しているのは、神子様とシルラ様がこうして来てくださるからです」

「あの、村長さん、ほかにまだお姿が見えないお年寄りがおられるようですが……お元気でしょうか？」

アイは数十人の村人の顔をすべて把握していた。母も人の顔と名前を覚えるのは得意だったから、神子の持って生まれた能力なのかもしれない。

　村長と村人がハッとした顔で一瞬黙りこんだ。

「それが、その……厄介な病にかかった者がおりまして、村の外れに隔離しております。どうやら人から人にうつる病のようで……」

「どのような病です？　症状は？」

　尋ねたのはアーサーだ。表情は険しい。アイも緊張してくる。

「高熱があり、全身に赤い発疹《はっしん》が出ております。呼吸も苦しいようで……おそらくはもう、皆助からぬのかと……」

「紅疹病か。ほかの国境付近の村でも患者が出たと聞いている」

　紅疹病は恐ろしい伝染病だ。もう百年近く確認されていなかった患者が、ここにきてちらほら出てきているとアイも耳にしている。

　感染力の強い死に至る病の者がこの村にもいるとは……。患者本人はもちろん、村の者たちもどんなにか不安だっただろうと思うと胸が激しく痛んだ。

「村長さん、すぐにその方たちのいるところへ案内してください」

「神子様！」

「おいっ」

迷いなく言ったアイに、村長とアーサーは目を見開く。

「しかし、もしも病がうつったりしましたら、神子様といえど御身が……っ」

「大丈夫です。僕たちはこういうときのためにいるのですから。心配はいりません」

二人を安心させようと微笑み、アイはシルラたちに向かって頷く。四頭のシルラは教わらずともその場所を知っているかのように、同じ方向に進んでいく。

「あちらのようですね。皆さんはここで待っていてください」

不安げに見守っている村人たちに笑顔で声をかけてから、アイは村長とともにシルラたちに続く。

振り向くと、アーサーもついて来ている。

「アーサーさんは皆さんのところに。僕は心配ないですから」

「心配ないわけがなかろう。紅疹病がどんな病か知らないのか？　唯一の神子であるおまえに何かあったら里は絶えるのだぞ」

里の行く末を心配しているようでいながら、アイ本人を気遣ってくれているのがわかり、ほんのりと胸が温まる。

「ありがとうアーサーさん。でも本当に大丈夫です。シルラと神子が務めを果たせるように、天が守ってくださっていますから」

母はいつもそう言っていた。神子もシルラも、常に守られているのだ、と。アイもそれを信じている。

アイの顔が欠片の恐れもなく平安に満ちているのを見て、アーサーは口を閉ざし、納得した様子ではないが黙ってついて来る。

シルラたちが、ほかの家から離れた小屋の前で立ち止まる。戸を開けると、中に三人の老人が横たわっているのが目に入った。皆ゼイゼイと荒い息をして、戸が開いたことにも気づかない様子だ。

見るからに意識も朦朧とし、今にもどうにかなってしまいそうな老人たちを見て、アイの胸は引き絞られるように痛む。

国境付近のこの村の人は、ここ数年はいつ戦が起こるか戦々恐々としながら過ごしてきたことだろう。

（その上なお、つらい病で苦しむことになるなんて……）

「神子様、ご覧の通り皆年寄りです。病にかからずとも、命の火の残りは少なかったでしょう。本人たちも覚悟はしております」

おそらく彼らの家族も、もう助からないと諦《あきら》めているのだろう。けれど、アイははっきりと首を振る。

「村長さん、僕は皆さんにもっと生きてほしいです。戦争のない世の中で笑顔を取り戻して、穏やかに人生の終わりを過ごしていただきたいのです」

力強く告げるアイに、村長だけではなくアーサーも目を見開いた。

「戦のない世……そんなものが来ますのでしょうか」

「きっと来ます。一人一人が自分の命の大切さを知って、隣の人の命も同じように大事だと思うことができれば、みんなが笑顔になれます。一緒に信じましょう」

そう、アイとシルラはそのためにいる。だから信じて、たとえわずかな歩みでもできることをやっていく。

「みんな、お願い」

アイに促され、シルラたちが病人に近づいていく。四頭がまず手前の一人を囲み、前脚をそっと乗せると、神々しく眩しい光が触れたところから横たわっている村人を包んだ。

「おお、なんと……」

顔一面に吹き出ていた発疹が見る見る消えていくのを目の当たりにし、村長が声を漏らす。シルラたちの体から放たれる銀の粒のようなものがすべての汚れを消し、淀《よど》み湿っていた小屋の中の空気まで澄んでいく。

続けてシルラが触れた二人目、三人目も荒い息が落ち着き表情も安らかになっていく様子を、村長とアーサーは言葉を失い見守る。

「さぁ、もう大丈夫です。皆さんほどなく目を覚ますでしょう」

アイはほうっと安堵の息をついた。軽いめまいを感じふらついた体を、力強い腕がしっかりと支えてくれる。

「おい、どうした？」

「大丈夫、なんともありません。アーサーさんありがとう」

安心させようとニコッと微笑みかけるが、アーサーは体を抱き止めた手を離そうとしない。

病や怪我を負った者を直接癒すのはシルラの力なのだが、どうやら神子もその力に干渉しているらしい。シルラが多くの者を癒した後には、母も体調を崩し寝こんだりしていたのを思い出す。

神子の気力と体力が充実していれば、シルラは多くの人を救える。だからアイは、いつも元気でいなくてはならない。

「神子様！」

村長が両手を組んで膝をつく。

「あなた様とシルラ様はまさに天の御使い、救いの神です！　なんとお礼を申し上げたらよいのか……っ」

遠巻きに見守っていた村人たちも駆け寄り、アイの前に膝を折った。それぞれの患者の家族が小屋の中に駆けこみ、抱き合って喜びの涙を流す。ほかの者も病に感染する恐怖がなくなり、心から安堵し笑顔になっているのを見て、アイも嬉しくなる。

「村長さん、皆さん、お立ちください。来るのが遅くなってしまって、本当にごめんなさい。不安でしたよね」

カイル、ニナ、と名を呼ぶと、二頭のつがいのシルラが前に出た。

「このカイルとニナをしばらくお預けしていきます。僕が来られないときはこの子たちが皆さんをお守りしますし、何かあったときには知らせてくれます。どうかよろしくお願いします」

「なんとありがたいことだ！　神子様、シルラ様は大切にお預かりいたします！」

村人のほうに進み出るシルラを皆歓喜の表情で迎え、アイに何度も頭を下げる。

「神子様、つがい様、どうぞお食事をご一緒に。見ての通りの貧乏村ゆえ、なんのおもてなしもできませぬが……」

「村長さん、どうかお気遣いなく。僕たちはこれで失礼します。皆さん、またまいりますので、その日までどうかお元気で」

丁寧に頭を下げ、エドとルゥを促してアイは村を後にする。

村の人たちを心配させないように背筋を伸ばしシャンと歩いていたが、人目がなくなったところで急に力が抜けへたりこんでしまった。

「おい、大丈夫かっ」

アーサーが支えて立ち上がらせてくれる。

「ご、ごめんなさい、アーサーさん。今日はさすがに、ちょっと大変でしたね」

気を遣わせないよう笑ってみせるが、アーサーは眉を寄せている。

「これほど消耗するものなのか。少し村で休ませてもらうべきだったな」

「ううん、それは駄目です」

「なぜだ」

「村の皆さんは、精一杯ご馳走《ちそう》を作って僕らをもてなそうとするでしょう。ただでさえ食料が少ないときに、皆さんの大事なご飯を僕が横取りできません」

さぁ行きましょう、と笑顔でアーサーを促すが、どうにも足がふらついてしまう。

「歩けそうもないな」

アーサーのつぶやきが届くと同時に体がふわっと浮き上がり、アイは「わっ」と声を上げた。たくましい腕にいきなり抱き上げられたのだとわかり、混乱する。

「えっ、アーサーさんっ？　あの、お、下ろして……っ」

「おとなしくしていろ。運びづらいだろう」

　荷物のような言いようだが、アイを抱える腕は優しくしっかりとして安心感がある。

「ろくに歩けないのでは、いつになったら里に帰りつけるのかわからんからな。私が運んだほうがいい。合理的な判断だろう」

　そんなことを言いながら目を合わせないのは、もしかしてちょっと気まずく思っているからなのか。アイまで急に照れくさくなってきて、「はい、確かに合理的、ですね」ともごもご言いながら頬を熱くする。

　アーサーは体温が高いのでとても温かい。心強くて安心する。アイは広い胸にそっと身を寄せた。

「あの二頭のシルラは、置いてきてよかったのか？」

「あ、はい。最初からそのつもりで連れていったので。もっとシルラがたくさんいた頃は、近くの村に差し上げていたんです。育てたシルラを贈るのも里の者の務めでした。でも今は数が少ないので、お貸しする感じで……」

　贈られたシルラはその村に住みつき、そこで子を産み増えていく。シルラのいる村は平安と幸せに包まれる。そんな村がどんどん増えていくことで、思いやりに溢れる理想の世が作られていくはずなのだが……。

（アーサーさん、どう思っただろう……）

　やや不安になり、そっと相手の顔を見上げた。

　アイとシルラたちの務めは、身近では人の病気や怪我を癒すことだが、最終的に目指しているのは戦のない平和な世を作ることだ。軍の兵士であるアーサーは、異なった考えを持っているかもしれない。戦って敵を滅ぼすことが目的なら、それはアイとは逆の方向を目指していることになる。

「おまえとシルラの任務を見ていて……」

　何か考えこんでいるようだったアーサーが、しばしの沈黙の後、口を開いた。

「思い出したことがあった。昔の、私の村が襲われたときのことだ」

　アーサーの生まれ育った村がゾルディア国の侵攻を受けて、彼の両親を含む大勢の人が亡くなった話は、聞くたびにアイの胸に痛みをもたらす。そのときに、攻撃態勢に入ったシルラを見たとアーサーは言っていた。シルラは恐ろしい猛獣で、両刃の剣だと。

「ずっと疑問だった。あのとき両親とともに矢で胸を射られ、瀕死《ひんし》の重傷を負ったはずの私が、なぜ命を取り留めたのかと。私は、助けられたのだ。銀色の光に」

「銀色の、光……？」

アーサーは頷く。

「おそらく失神寸前だったのだろう。周囲の景色はぼんやりとしか見えなかったが、何か光るものが自分の前にいるのを感じていた。その何かが、私の胸の傷に触れた」

当時を思い出すかのように、アーサーの瞳が細められる。

「同時に冷え切っていた全身が、温かいものに包まれていくのを感じた。痛みは急に薄れて楽になり、もしやこのまま天に旅立つのかとも思ったが、逆だった。私の傷は治っていた」

「アーサーさん……それは、もしかして……」

「そうだ。おそらく、私に触れたのはシルラだったのだろう。そのときには戦闘は終わっていた。恐ろしい獣たちもどこかへ去ったのかと思っていたが、そうではなかった。姿を変えて、救助に当たっていたのだ」

アーサーは深く息を吐き、確信を持った表情で頷く。

「あの銀の光は……間違いない。さっき見たのと同じものだった」

凶暴な兵器という彼の中のシルラのイメージが変わったのを感じ、アイの胸は安堵で満たされる。

多くのシルラがいた頃は侵攻の知らせを受けるたびに、救護のためにシルラを里から送っていたと聞いている。そこで敵意を持つ者と遭遇すれば、それに反応してシルラも姿を変え応戦しただろう。少年だったアーサーの記憶には、その姿が強く焼きついたのかもしれない。

「今日見ていただいたのが、シルラの真の姿なんです」

アイの言葉に、アーサーはもう反論しなかった。

「人が敵意を抱かなければ、シルラは本当の姿のままでいられます。病気や怪我を癒して、幸福と笑顔をもたらします。逆に攻撃されるとその感情をそのまま返そうとするので、人間はシルラに滅ぼされてしまうかもしれません」

「シルラは戦のために遣わされた獣ではない、ということか。人間たちの争いごとに巻きこんではいけないと」

「はい。シルラたちが本当の姿でいられる世界、みんなが笑顔で安心して暮らせる世界が来ることを、僕は信じています。この子たちもきっと、信じてくれています」

二人の両脇に寄り添うようにして進む、エドとルゥを見る。緊張も警戒もなくとても穏やかなその表情は、アーサーがそばにいるときには見られなかったものだ。アーサーの心が変わったのが、彼らにもわかるのだろう。

「アイ、礼を言う」

アーサーの口調もやわらかなものになっていた。

「はい？」

「今日、おまえたちに同行させてもらえてよかった。過去の記憶を取り戻したこともだが、それ以外にも様々なことがわかった。戦のせいで、村の民が貧しく苦しい暮らしを強いられていること。それを癒しの力で支えているのが、おまえとシルラたちだということ。軍の者も国の上層部の者もそのことを知らない。皆、シルラは強力な武力だと思っている」

「アーサーさん……」

「これまで私は両親や村の仲間の無念を晴らすために、軍人として敵を殲滅《せんめつ》することだけを考えてきた。それこそが、国を守ることにつながると。だが、違うのかもしれないな。少なくとも、戦争で民を笑顔にはできない」

アイはじんわりと瞳が熱くなってくるのを感じた。

いつかは、アーサーにもわかってほしいと思っていた。まっすぐで澄んだ目をした彼なら、きっと理解してくれると信じていた。

「おまえの言う民が笑っていられる幸福な世界というのを、私も見たくなってきた。……アイ、今後も引き続き、おまえの訪問活動に協力させてもらえないか。シルラの真の役割については、折りを見て私から上層部にも伝え、誤解を解きたいと思う」

「アーサーさん……ありがとうございます！」

にじんできた涙を指先で拭《ぬぐ》うと、アーサーが目を見開いた。

「おかしなヤツだな。何を泣く？」

「だって、嬉しくて。これまでずっと、独りでがんばってきたから……」

神子として独りですべてを決め、考え、行動してきた。相談する相手はおらず、誰も助けてくれなかった。とにかくできることを一生懸命やっていこうと精一杯がんばってきたが、本当は不安だった。このままでいいのかと、いつだって怖かった。

たった一人の理解者を得られたというだけで、背負っていた荷を半分下ろせたような気持ちになった。アイは心の中で天に感謝する。

（ありがとうございます！　この方と出会わせてくださって……）

「この細い肩に、おまえはたくさんのものを背負ってきたのだな」

見上げた黒い瞳には初めて見る温かさがあって、アイの心臓はトクンと高鳴る。しばし見つめ合う形になり、互いにぎこちなく視線をそらした。ポーカーフェイスのアーサーには珍しい戸惑いが見える。

「嬉し泣きかと思ったぞ。引き続き私とともに暮らせるから」

「なっ……」

頬がかあっと熱くなる。こんな冗談が言える男だっただろうか。

「へ、変なこと言わないでくださいっ。だ、大体、軍人だからつがいは作らないって言ってたくせに、僕のつがいだなんて村の皆さんに嘘言っちゃって……本当にもう、どうするんですかっ」

「その話を蒸し返すか。心配するな。あの村に行くときには、完璧に仲の良いつがいを演じてやる」

大真面目に返され、「そういうこと言ってるんじゃありませんっ」と真っ赤になって言い返すと、驚いたことに凜々しい口元が笑みの形に崩れた。一瞬だがハハッと笑われて、アイは焦って視線を伏せてしまう。心臓がものすごい速さでドキドキいっている。

（こ、声出して笑った……アーサーさんがっ）

嬉しさと驚きと、そしてときめきで破裂しそうになる胸を必死で宥めながら、アイは高鳴る鼓動が彼に伝わってしまいませんようにと祈っていた。

「父さん、母さん、今日はなんだか長い一日だったよ」

床に就く前に二人の遺品——父の研究書と母の髪飾り——を置いた祭壇の前に正座し、

アイは手を合わせ報告する。

「いろいろなことがあったんだ。ちょっと疲れたりもしたけど、でも今はとても満ち足りた感じ」

不思議だ。いつも村を訪問した夜は疲れ果ててグッタリしてしまうのに、今はとても元気だ。気力が満ちているし、体も熱を持っている気がする。アーサーがシルラを認めてくれたことがよほど嬉しかったのか、心が浮き立ち自然と笑顔になってしまう。

(嬉しいのは、それだけじゃないけど……)

アイはフフッと無意識に笑った。

里がある程度片づくまではここにいてくれるだろう、いてほしいと思ってはいたが、本当はアーサーがいつ軍に戻ってしまってもいいように覚悟はしていた。今日、まだしばらくともにいると言ってもらえたことで、常にどこかに抱えていた不安が消えた感じなのだ。

そのアーサーはといえば、体調が回復してからは隣の空家に移ったので、今はアイと寝起きを別にしている。さっき見たら明かりが消えていたから、もう休んだのだろう。彼は時間に正確で早寝早起きだ。

「そ、それにしても、つがいだなんて嘘をつくなんて……アーサーさんってああいうところある人だったんだ……」

皆の注目の中肩を抱かれたことを思い出し、アイは唇を尖らせる。なんてことをしてくれたんだと怒っているのに、それ以上に、触れられた肩の熱さがよみがえり気になりはじめて、アイはふるふると首を振った。戸口のところに控えていたエドとルゥと目が合い、一人で百面相をしていたのに気づき急に恥ずかしくなってくる。

「さ、さぁ、もう寝ないとねっ。エドとルゥもお疲れ様。今夜は小屋でお休み」

取り繕うように声をかけ明かりを消したアイは、そそくさと寝床にもぐりこむ。月の光がやわらかく差しこんで、小屋の中を照らす。独りだったときは冴《さ》え冴《ざ》えとした光を冷たく感じたこともあったが、今は優しい。

仲良さそうに互いの体を舐《な》めていたエドとルゥは寄り添って出ていき、戸がパタンと締められた。二頭も今夜はぴったりとくっついて、互いに見つめ合うことが多かった。つがいのシルラのそんな姿を見るのは、もしかしたら十年ぶりかもしれない。

（シルラはいいな。自分の相手が最初からすぐにわかって……）

本当にアーサーが自分の運命のつがいだったら、どんなふうだっただろう。村の人にアイから彼を紹介して、お祝いを言われて、恥ずかしいけれど嬉しくて、見つめ合い微笑み合って互いの手を握る。アーサーの大きな手は熱くて、眼差しは優しくて……。

（な、何想像してるんだろう。早く寝なきゃ……）

　ぎゅっと目を閉じ、頭の中にぜんぜん関係のないもの――綺麗な花畑とか青い空とか――を浮かべようとするが、甘い空想は止まらない。むしろ青空の下、花畑で肩を寄せ合う自分とアーサーの姿が浮かんできてしまい、アイは焦る。

　おかしい。やけに火照る。体調が悪いときの熱ではない。体の奥から湧き出てくるようなこの熱は、最近たまに感じるようになったものだ。

（駄目……駄目だったら……っ）

　いけないと思うのに、手がそろそろと下ばきの中に向かってしまう。自分の中心の一番敏感なそこに触り、こすると楽になることも最近知った。そしてそれが生殖に関わる行為だということも、誰に教えられたわけでもなくアイは気づいている。

　いつか現れるつがいと……大好きな人とすることなのに、一人ですることに罪悪感がある。しかも頭の中はアーサーでいっぱいだ。

　抱き上げられたときの力強い腕とたくましい胸の感触がよみがえり、熱がどんどん上がってきた。それが、成長したオメガに定期的に起こる発情の症状なのだということまでは、アイは知らない。オメガは誰でもそうなり、発情時には強烈な甘い気が全身から発せられることも。

（駄目だって……アーサーさんに、悪いことを……っ）

勝手に動いてしまう右手を左手でしっかり押さえ、アイは歯を食いしばって耐える。いつも自分を気遣い優しくしてくれるアーサー……凜とした高潔な彼のことを思い浮かべながら、こんなことをしているなんて……。

汚い、とアイは唇を噛む。体のつらさと自己嫌悪の痛みで涙がにじむ。

「アイ……アイ、大丈夫か」

「っ……！」

戸を叩く音と声が耳に届いてきて、アイは凍りついた。

こんな状態になっていることを、もしもアーサーに知られたら……。

（軽蔑《けいべつ》される……嫌われるっ）

「だ、大丈夫、です」

とかろうじて答えたその声は、まったく大丈夫には聞こえなかった。

「開けるぞ」

アーサーの声に、アイは目の前が真っ暗になる。

（駄目、入ってこないで！）

きっと、顔を見られただけでおかしいと気づかれる。体がどんなことになっているか知られたら、清廉な彼の顔は嫌悪でしかめられるだろう。

戸が開く音がしてアーサーが入ってくる気配がする。アイは必死で体を縮め、膝を抱えるようにして丸くなった。

「アイ」

「さ、触らないでください……っ」

手が伸ばされる気配に、とっさに言ってしまった。心配して来てくれたアーサーに申し訳ないと思いながらも、近づかれただけで体が疼《うず》いてしまうのだ。触られたりしたらどうなってしまうかわからない。

「ど、どうして、来たんですか……」

いくら苦しくても声は出していなかった。隣の家ですでに眠っていたはずの彼が、なぜ気づいたのだろう。

「それは……感じたからだ。つまり、おまえの……」

アーサーには珍しく言葉を濁す。血の気が引いた。きっと、匂《にお》いか何かで気づかれてしまったのだ。

恥ずかしくて消えてしまいたいのに、体の疼きが収まらない。つらくて涙が出そうになり、アイは血が出るほど強く唇を嚙む。

「アイ、つらいのか？」

両肩を摑まれ、危うく声を上げそうになった。

「触っちゃ、駄目……っ」

かすれ声で訴えるが、あろうことかアーサーは横たわっていたアイの体を起こして抱きかかえ、顔をのぞきこんできた。羞恥《しゅうち》のあまり、アイは両手で顔を覆う。

「見ないでください……」

もう完全に泣き声だ。

(アーサーさんに、気持ち悪がられる……嫌がられる……っ)

必死で堪えていた涙がついにこぼれ落ちた。

「発情しているのだな。苦しいだろう。薬はないのか？」

冷静に判断を下す声が、さらにいたたまれなさを煽《あお》る。

「薬って……？」

「発情の抑制剤を知らないのか。これまではどうしていた？」

「こんなになること、なかった」

少し体が火照ることはあったけれど、ひどくなってきたのはアーサーが来てからだ。今夜はこれまでで一番苦しい。

「アーサーさんの、せいだから……」

自分がこんなに苦しいのに、いつもどおりの彼の態度がつらくて、思わず非難するような口調になってしまう。

「アーサーさんが、つがいだなんて嘘、ついたから……体に触ったりしたから、僕、嬉しくて……」

胸がぎゅうっと引き絞られる。切ない。自分はアーサーを想ってこんなふうにまでなっているのに、彼はただ気遣い哀れんでくれているだけなのだ。

どうして彼ではないのだろう。誰かほかの人なんて、いらないのに。この苦しさは、自分には相応《ふさわ》しくない人に惹かれてしまったことへの罰なのだろうか。

「ぼ、僕がす、好きなの……アーサーさんがいいって思ってるの、知ってるのに……抱き上げたり、優しくしたり、しないで……っ」

しゃくり上げながら訴えつつ、自分を責めたくなる。アーサーにしてみれば、まったくもっていい迷惑だろう。勝手につがいだと勘違いされ、想いを寄せられたあげく発情されて……。

(僕、アーサーさんをすごく困らせてる……)

アイの心は自己嫌悪で引き裂かれそうだった。

「ごめんなさい……今の、忘れて。どうかもう、出ていって、ください……」

そう言ったアーサーの声は、軽蔑しても呆れてもいなかった。

「アイ、私を見ろ」

「い、嫌だ……っ」

「いいから見るんだ」

顔を覆った手をどかせられる。月明かりに凜々しい美貌《びぼう》が浮かび上がり、アイは驚きに目を見開いた。彼の顔も、とてもつらそうだったから。

「私も感じている。おまえの発情に促されて」

口調は冷静だが、頬に触れてきた手はすごく熱い。

「えっ、だって……」

「そうだ、私は性欲を制御する術《すべ》を身につけている。発情中のオメガと接しても、まったく影響を受けないはずなのだ。だが、おまえには反応する。こんなことは初めてだ」

平坦だったアーサーの声が少し上ずる。湧き上がる激情に彼も必死で耐えているのが伝わる。

アーサーはその熱い手を、アイの下ばきに躊躇なく差し入れてきた。

「やっ……アーサーさんっ」

そこがどういう状態になっているのかわかるので、アイは身をよじって逃げようとするが、しっかりと捕まえられて体が動かない。

「おまえに触れさせてくれ。楽にしてやりたい。私の手で」

アーサーの手には迷いがなかった。指ががじんじんと疼いている中心を包みこみ、アイは思わず声を上げる。自分でもうろたえてしまうほどの甘い声に、頬がさらに熱くなる。

「おまえのここは熱いな。そして、潤っている」

感じてきたそこがしたたるほどの蜜《みつ》をこぼすことを、アイも知っている。アーサーに気づかれてしまい恥ずかしいと感じる余裕は、もうなくなっていた。

もっと強く彼の手を感じたくて、アイの腰は無意識に動いてしまう。

「アーサ、さんっ……駄目です、離れて……っ」

かろうじて残っている理性が彼を遠ざけようとするが、アーサーは逆にアイの欲望に応えるように手を動かしてきた。

「じっとしていろ。力を抜くんだ」

耳元で囁《ささや》かれた。その声は聞いたこともないほど甘さを伴っていて、アイの胸に喜びが満ちる。アイに触れながら、もしや彼も感じてくれているのだろうか。

「あり得ない。この私が欲情するなどと……アイ、おまえは何者だ」

アイの中心を包んだ指が、すっかり濡れそぼったものを上下にこすり上げる。

「ああ……っ、いや……！」

体が宙に浮きそうな初めての快感に、意識が朦朧としてくる。

今にも達しそうになっていたところで、中心を伝って下りた指が後ろの秘口にたどりつき、アイの全身が甘い痺《しび》れに震えた。そこがつがいのものを受け入れるところであり、熱が上がってくると勝手に潤ってくることは誰に教わらずとも知っていたが、なんとなく怖くて自分で触ったりしたことはなかった。

「どうした、大丈夫だ。ひどいことはしない」

相当緊張していたのだろう。驚くほど優しく囁かれてほっと肩の力を抜くと、指はまた動きはじめる。たっぷりと湿った蜜口をくぐり、中に忍びこんできた指に内側を探られ、アイの中心はさらに硬くなってくる。

（アーサーさんの……）

さっきから感じていた。体に当たっている彼のものもまた、布越しに熱く硬くなっているのを。

（もしかして、同じように感じて……？）

心が喜びで震え、握り締めていたはずのわずかな理性が吹き飛んだ。

「アイ……」

熱を帯びた声が耳朶《じだ》をくすぐり、内側に差しこまれた指で壁をこすられて、アイはついに昇り詰めた。

ふわふわした感触が頬に触れ、アイは目を開けた。エドとルゥが両側から頬をすり寄せたり、前脚で肩をつついたりしている。

「あ……エド、ルゥ、おはよう」

体を起こした。なんだかとてもすっきりして、気分がいい。どうしてだろうと首を傾げかけふいに記憶がよみがえり、「あっ」と小さな声を漏らしてしまった。頬がじわじわと熱くなる。

昨夜《ゆうべ》、発情したアイをアーサーが慰めてくれた。あられもない声を上げ、気持ちよがるところを見られ、恥ずかしい場所に触られてしまった。

(ど、どうしよう！)

理性が戻ってくるに従って、顔色は赤から青に変わる。

アイはあわてて自分の体を確認する。服は乱れていないし、下着もなんともない。昨夜の行為の痕跡《こんせき》は何一つ残っていない。

「夢……だったのかな？」

希望にすがりつくように、エドとルゥを見る。二頭ともちろん答えてくれないが、心なしかいつもより優しい目をしている気がする。

（そうだ、きっと夢だよ。まったく……あんな夢を見ちゃうなんて、アーサーさんに申し訳ない……）

アーサーに優しくされたい、触れられたいという願望が、あんなリアルで恥知らずな夢を見せたのに違いない。

落ちこみかけたアイは、差しこんでくる日の光に気づき飛び起きる。かなり寝坊してしまったようだ。

あたふたと着替えあわてて飛び出していくと、とっくに起きていたらしいアーサーは庭で薪を割っていた。出てきたアイに気づいて手を止める。

「起きたか」

その表情はいつもどおりで、どこも変わったところはない。やはり全部夢だったのだと両肩から一気に力が抜ける。

「すみません、寝坊してしまいました！」

アイはあわてて頭を下げる。勝手におかしな夢を見てしまったこともあり、目を合わせるのがどうにも気まずい。

「気分はどうだ？　体は大丈夫か」

「はい、なぜかとてもすっきりして……え？」

「そうか。発情した後は身も心も澄み渡るというのは本当のようだな。よかった」

「えーっ？」

夢ではなかった。

「で、ではあのっ、昨夜のあれは、あのっ……えっ？」

真っ赤になっておろおろと両手を振るアイを見て、アーサーはクッと笑った。見慣れない笑顔にドキリとする。

「おかしなヤツだな。忘れたのか？　昨夜おまえが発情してひどく苦しそうだったので、私がおまえを抱き……」

「い、いいです、覚えていますっ」

続けようとするややデリカシーに欠ける男を遮り、いたたまれなさも頂点に達したアイは頭が膝につく勢いで腰を折った。

「ごめんなさいっ！　ご迷惑かけてしまって」

アーサーとしては不本意だったはずだ。本当は相手などしたくなかったに違いない。どうしてつき合ってくれたのかというと、それは彼が優しいからだ。勝手に発情され苦しまれて、恨み言のようなことまで言われ泣かれて、アイのことをよほど哀れに思ったのだろう。

「本当に申し訳ないことさせてしまいました……。僕昨日はあの、アーサーさんに嘘でもつがいとか言われて、うっかり舞い上がってしまって……」

「アイ、あのな……」

「わ、わかってます！　アーサーさんは全然そんな気ないのに、つらそうにしてるのを見過ごせなかったんだって。僕が苦しそうだったから、助けてくれようとしたんですよね。あの、言い訳させてくださいっ。僕は決して、アーサーさんをさ、誘おうとか、そういうのは本当に……っ」

「何を言ってるんだ、おまえは」

呆れたような溜《た》め息《いき》とともに、両肩を摑んで体を起こされる。そろそろと見上げた顔は苦笑気味だ。

「勘違いするな。私は自分の意思でおまえに触れた。ああしたいと思ったからしたんだ。昨夜の私はおまえに、確かな欲望を感じていた」

さらりと言われ、キョトンと相手を見返す。その瞳は澄んでおり、嘘を言っているようには見えない。

「欲望……アーサーさんが、僕に……？」

「確かに最初は、つらそうなおまえをなんとかしてやりたいという気持ちだった。だがおまえを抱き上げたときに、これまで知らなかった感情に満たされた。もっとおまえに触れたい。奥深いところまで、と感じた」

目をそらさずストレートな言葉をぶつけられ、アイの頬はさらに火照ってくる。

「え……ほ、本当に……？」

「ああ、本当だ。自分でも困惑している」

まったく困惑しているようには見えないクールさで、アーサーは頷く。

「以前話したが、私は軍人として自分の欲望をコントロールする訓練を受けており、薬剤も投与されている。それが昨夜はなんの役にも立たなかった。その理由を、おまえが寝てから考えていたのだが……」

アーサーはアイから数歩退きしばし思案顔で空を見上げていたが、向き直るとはっきりと言った。

「アイ、おまえはおそらく特別だ。その結論以外見出せない」

「特別……僕がシルラの神子だっていうことと、関係があるのでしょうか？」

「そうではない。特別というのは、私にとって特別だということだ。私はおまえが気になる。惹きつけられ、欲情してしまう。こんな感情を抱いた相手はおまえだけだ」

ふわっと体が空まで浮き上がるような心地に包まれる。胸がドキドキしすぎて、もしや昨夜からずっと夢を見続けているのではないかと思う。

「だが、まだはっきりとはわからない。こうして日々ともにいるうちにおまえのことを知り、その純粋さと無邪気さ、背負った使命に向かう真摯な姿勢に魅力を感じていたことは確かだ。そしておまえの寄せてくれる純粋な好意にも、正直心を動かされていた。私は周囲から強い人間に見られている。私の幸せを祈ると言ってくれた者も、自分ですら認めようとしなかった本来の私に気づいてくれた者も、これまでいなかった。おまえだけだ」

アイを見つめてくるアーサーの瞳は、ごまかしも嘘もなくとても優しい。もしかしたら軍人になる前の彼は、こんな目をしていたのではないか。そう思ったら、嬉しさで胸がいっぱいになってきた。

「しかし、私にとってもこれは未知の感情だ。まだ迷いがある。結論の出ていない状態で、おまえと約束を交わすべきではないと思う。まずは、私のおまえに対するこの感情の正体を、しっかり見定めるのが先決だ。アイ」

「は、はいっ」

「これからもああいったことになったら、私を呼べ」

「えっ？」

「おまえに触れて確かめたいのだ。それがただのオメガに対する欲望なのか、それともおまえに対してだけ感じる何かなのか。私の中でその答えを見出せたら、そのときはおまえと契ろう」

おまえを私のつがいとする、と続けられた言葉に、アイの心は震える。

つがいは作らない。身も心も一生王と国に捧げると言っていた彼が、アイの想いに応えたいと、アイが特別だと言ってくれている。たとえその感情が彼の中でまだ確かなものではないとしても、アイのことを真剣に考えてくれようとしているのが伝わり瞳が熱くなった。

「はい！　アーサーさんに、確かめてほしいです」

アイはにじんできた涙をすばやく拭って、笑顔で言った。

「僕の答えはもう決まってます。アーサーさん以外の人とあんなことしたくありません。だ、だからあの、また、さ、触ってほしいです……」

しどろもどろになりながらも本心を素直に明かすと、ハハッとアーサーが声を立てて笑った。

「そうか。では早速、今からでももう一度確かめてみるか。私はいつでも準備万端だが」

「い、今からって……そんなの無理ですよ！　自分の意思で、は、発情って、できないんですから……っ」

とんでもないことを言われ盛大におたつくアイを見て、アーサーはまた笑う。どうやらからかわれたようだ。

「も、もうっ、アーサーさんの冗談はわかりづらいんです」

ふくれてバシッと叩くふりをすると、その手を摑まえられてしまった。

「おまえを見ていると、この私ですらついからかいたくなる。反応が愛らしくてな」

「なっ……」

これ以上ないほど赤くなっている頰がさらに染まる。思ったことをそのますぐ口に出す男というのも困りものだ。

「アイ」

じっと見つめられ、摑んだ手に力がこめられる。次にどんな言葉が出てくるのかと胸の高鳴りが極まってきたとき、アーサーがハッと視線を足元に向けた。つられて下を見たアイも驚きに目を瞠る。

（エド、ルゥ！）

二頭のシルラが、アーサーの脚に体をすり寄せている。アーサーを見上げるその瞳は安らいで、とても穏やかだ。

これまでは決して彼には近寄らず、互いに警戒し目を合わせないようにしていたのに……。

「そういえば、おまえたちにも詫《わ》びなければならなかったな」

アーサーが微笑して、伸ばした手をエドの頭に乗せる。撫でられてもエドは威嚇《いかく》しないどころか、気持ちよさそうに目を細めている。

「私はおまえたちを誤解していた。昨日は、おまえたちの尊い働きを知ることができてよかった。そしてこの私も昔、おまえたちの仲間に命を救われた。心から感謝するぞ」

「アーサーさん……」

シルラは癒しを施す場合を除き、本当に信頼に値すると認めた人間にしか近づいていかない。アーサーはシルラに認められ、受け入れられた。それは、アーサーもシルラを心から受け入れたことの証だった。

「こうしているとただの猫科の動物だな。神獣とは思えん」

首のあたりを撫でられうっとりするエドを見ながら、アーサーも和んだ笑みを浮かべる。

「普段はみんな、とてもおとなしくて可愛い子たちなんです。アーサーさんを好きになってくれたみたいでよかった。ほかの子たちにも、改めてちゃんと紹介しなきゃですね」

「緊張するな。これまでの礼を失した態度を許してもらえるかどうか」

「大丈夫です。アーサーさんから歩み寄ってくれれば、みんなあなたを好きになります。仲直りの気持ちもちゃんとシルラに伝わりますから」

人間も同じだ。争い合っていた者たちも、話し合い互いに理解し合えれば、手を握り合うことができる。そのことも、いつかアーサーに知ってほしい。

「アーサーさん、ありがとう」

「何の礼だ？　昨夜のことか？」

「それも、ですけど……もっと、全部です」

急に照れくさくなって、さぁ行きましょう、とアイはアーサーの腕を引く。

出会ってくれたこと。一緒にいてくれたこと。笑ってくれたこと。その存在自体。

彼の何もかも全部に感謝しながら、アイはそっと嬉し涙を拭って笑った。

＊

シルラの子どもはまるっきり猫科の動物と同じだ。成獣は賢く落ち着きがあり、神獣の名に相応《ふさわ》しい威厳に満ちているが、子どもはやんちゃで天真爛漫《てんしんらんまん》だ。クリクリとした目と、銀色の体に散る白い斑点《はんてん》が愛らしい。一年ほどで大人になってしまうので、可愛《かわい》らしい子ども時代の姿は貴重だ。

「こら、おとなしくしないかっ」

シルラの庭で子どもたちを洗ってやっているアーサーは、朝からてんてこまいだ。ぬかるみで転げ回って泥だらけになった子シルラたちは、桶《おけ》に張ったお湯につけられてミャーミャーと暴れている。

皆風呂《ふろ》は嫌いなのだ。泥のついたままの体で逃げ出したり、アーサーの肩に這《は》い上ったりと大騒ぎで、アーサーまで泥まみれになる始末だ。家屋の修繕などの力仕事は苦もなく完璧《かんぺき》にこなしてくれる彼も、この仕事には相当難儀している。

「アイ、ちょっと手伝ってくれ！」

「ごめんなさい、アーサーさん！　僕ほかの子たちにご飯をあげなきゃ。お腹空《す》かせて大騒ぎなんです」

一人でがんばって、とエールを送り、アイは子シルラ用のご飯作りに取りかかる。体は小さくても食欲は大人並みだから、こちらもまた大変だ。

天が願いを聞いてくれたのか、この三ヶ月でシルラたちが次々と繁殖期を迎え、どんどん子を産みはじめた。エドとルゥの間に三頭、その他四組のつがいの子も合わせると十頭以上の子シルラが今この里にいる。エメリ村に預けているカイルとニナにも三頭の子が生まれたらしく、村人は皆大喜びで大切に育ててくれているようだ。

ここ十年まったくその兆候がなかったというのに、ここにきて急に繁殖期が始まった理由にはアイも気づいている。

（きっと僕が恋してるから、だよね）

最初の発情を迎えアーサーと触れ合うようになってから、アイは体が火照《ほて》り出すと彼に慰めてもらうようになった。最初のうち抱いていた罪悪感はいつしか喜びに変わり、最近は素直に快感を受け入れるようになっている。服を乱されあらわになった肌を見つめられても、唇を胸に押し当てられても、恥ずかしさよりも嬉《うれ》しい気持ちが勝った。

この間は手を導かれ、アーサーの硬くなったものに触れさせられた。ドクドクと脈打つそこはとても熱くて、アイを欲しいと思ってくれていることが伝わり、嬉しくて涙が出た。そのときは彼のものと一緒にこすられて、同時に達した。意識を飛ばし朦朧《もうろう》とするアイを、アーサーは優しく抱き締めてくれていた。

（アーサーさんが、してくれるたびに嬉しくて……そんな気持ちがみんなにも伝わるんだよね）

シルラたちがそれぞれのつがいと睦《むつ》み合いはじめたのは、アイがアーサーに想いを寄せ本格的な発情が始まったからだ。恋する神子《みこ》の影響を受けてシルラたちも交尾を済ませ、子どもが次々と生まれている。

ずっと待っていた、とても嬉しいことだ。この先も順調にシルラの数が増えれば、つらい思いをしている人たちをもっと大勢救うことができるようになる。

けれど、アイの心には常に不安がつきまとっていた。

「終わったぞ。まったく、あの連中に早く大人になってもらわんことには、こっちの身がもたないな」

びしょ濡《ぬ》れの泥だらけになり、嘆息しながらアーサーが近づいてくる。アイはあわてて不安顔を笑顔に変える。

「お疲れ様！　アーサーさん、着替えて休んでください。みんなのご飯が済んだらお茶をいれますから」

「いや、いい。俺はこのまま西のほうの瓦礫《がれき》を片づけに行く。茶は後でゆっくりいただこう」

微笑《ほほえ》んだアーサーが手を伸ばし、アイの髪に触れてきた。そのまま軽く梳《す》かれてトクトクと鼓動が早くなる。最近のアーサーはそんなふうに、自然にアイに触ってくるようになった。

「おまえも少し休め。腕白どもの世話で一日立ちっぱなしだろう。体を大事にしろ」

優しい目でじっと見つめられ、つい視線をうつろわせてしまう。

「だ、大丈夫、子どもたちのお世話は楽しいから。アーサーさんこそ無理しないでください」

「私に気遣いは必要ない。私のほうもまぁ、楽しいと言えなくもない。神獣とはいえ小さな動物と戯れる機会などこれまでなかったしな」

アーサーは、庭でコロコロ転がって遊んでいる子シルラたちに向けた目を細める。近くでは親シルラたちが温かい眼差《まなざ》しで自分の子を見守っている。幸せで平和な家族の光景に、心がほっこりしてくる。

(お父さんとお母さんがいて、可愛い子どもたちがいる……。いいな)

見れば見るほど嬉しくなりつつ、うらやましい気持ちも湧《わ》いてきてしまう。

(僕にも、あんなふうに家族が持てる日がくるかな……)

シルラたちはもう安心だが、神子であるアイのほうはこの先どうなるのかまだわからない。

アーサーのことが好きだ。運命の人だと信じている。彼もアイのことを特別だと言ってくれたし、憎からず思ってくれているのが伝わる。

けれどアーサーは発情したアイを慰めてくれはしても、体をつなげようとはしない。しっかりと一つになりうなじを噛《か》まれることで、好き合った者同士は本当のつがいになるという。まだ彼がそうしてくれる気配はない。

耐えてくれているのはわかる。アイの発する気が濃くなると、彼のアルファの気もまた濃厚になるからだ。彼とつながる部分はしとどに潤って誘っているし、アイも挿《い》れてほしいのに、アーサーが挿れてくれるのは指だけだ。

(やっぱり……僕とじゃ難しいのかな)

アイは密《ひそ》かに肩を落とす。

アーサーとしてはすべてのことをきちんとしてから、ちゃんとつがいの約束をし、つながりたいのだろう。そういうきちんとした性格はよく知っている。アイとのことを真摯《しんし》に考え、誠実でありたいと思ってくれているのはよくわかる。

それに、国境警備軍とはいえ国の兵士である彼がシルラの神子と添い遂げるのは、アイなどが想像できないような様々な困難が伴うのかもしれない。

「ん、どうした？　浮かない顔をしているが」

アーサーが頬《ほお》に指を触れ、顔をのぞきこんできた。

「えっ？　べ、別に、なんでもないですよ。アーサーさん、ちょっと心配しすぎです」

アイは明るさを装って答えるが、アーサーは嘘《うそ》を見抜くように微《かす》かに眉《まゆ》を寄せた。いきなり腕を摑《つか》まれ引き寄せられて、アイの心臓は大きく高鳴る。広い胸に抱きこまれ、ぬくもりが伝わる。

「おまえは少し我慢しすぎだ。言いたいことがあったらなんでも私に言え。文句や不満をぶつけてもいい」

「そ、そんな、文句や不満なんてないです。僕、今とても幸せだから。アーサーさんにこんなふうに、大事にしてもらって……それだけで十分ですから」

それは本心ではあったが、やはり切なさも募る。同時に、これ以上を求めて彼を困らせてはいけないという気持ちも湧き上がる。

「すまないな。おまえを不安にさせてしまっている。だが、もう少しだけ待ってほしい」

背に回された腕に一瞬力をこめてから、アーサーは体を離した。

「アイ、明日私は朝から出かける。帰ってきたら、おまえに話したいことがある」

真剣な瞳《ひとみ》に見つめられ、胸は喜びよりもむしろ不安に高鳴った。

行ってほしくない。ずっと一緒に、ここにいてほしい。

これまでも彼が軍にたまに戻ることはあったが、夜には必ず帰ってきてくれた。でもなぜか今回に限って、離れ難い思いが湧いてくる。

「帰って、きてくれるんですよね……？」

笑顔で送り出したいと思うのに、弱気な声で確認してしまった。アーサーはそんなアイを見てクスリと笑う。

「当たり前だ。大体おまえ一人では、あの腕白連中の面倒は見られないだろうが。この忙しいときに、私も里を留守にしたくないのだが……おまえの不安をなくしてやるためにも、私にはまずしなければならないことがあるのだ」

アーサーはアイの頭にポンと手を置き、髪をくしゃっと撫《な》でる。温かい。

「おまえにちゃんと話をする前に、私自身のけじめをつけてきたい。今はこれだけしか言えないが、待っていてくれるか？」

「はい、僕待っています。アーサーさんを信じて」

アイは頷《うなず》く。

アーサーがアイとのことをどうするつもりでいるのかわからないけれど、今は信じよう。明日帰ったら、きっと話してくれる。これからの戦争のこと。里のこと。二人の将来のことも。

「お務めお疲れ様。気をつけて行ってきてくださいね」

「ああ。……しかしいいものだな、帰る場所があるというのは」

明るく笑うアイに、アーサーも微笑みを返す。

「なるべく早く戻る。夕食の準備をして待っていてくれ。食事を終えたら、話をしよう。私の話を聞いておまえが受け入れてくれたら、そのときは……」

ンミャーッという子シルラの甲高い声が、熱のこもってきたアーサーの言葉を途中で遮った。子どもたちの間でじゃれ合いの高じたケンカが始まったらしい。

「大変、止めなくちゃっ」

「まったく、しょうがない連中だな」

アイとアーサーは顔を見合わせ苦笑し、庭へと駆け出す。

(大丈夫、信じられるよ)

アイは自分に言い聞かせる。不安は消え、だんだんと気持ちが楽になってくる。

アーサーと出会う前も、自分の未来は明るいのだとずっと前向きに信じてきた。だから、これからも信じていよう。

アーサーとつがいになれること。家族になれること。ずっと二人で笑っていられること。

アイの瞳には輝きが、唇には笑みが戻っていた。

翌朝早く、アーサーは軍に戻っていった。アイはいつもどおりシルラたちの世話をしながら、夕食の支度を整え彼の帰りを待っていた。

しかしその日の夜、アーサーは帰ってこなかった。次の日も、その次の日も、彼は里に戻ってはこなかった。

＊

国境警備軍の駐屯地はエメリ村よりもさらに北、ゾルディア国との境に位置する。場所は知っていたが、もちろん行ったことはないどころか近づいたこともなかった。兵士以外は立ち入り禁止の区域だからだ。

いてもたってもいられずそこまでやってきてしまったのは、帰ってくると言って出かけたアーサーが、三日経っても戻ってこなかったからだ。

出かける前の日、アーサーは帰ったら話があると言っていた。アイは一睡もせずに夜が明けるまで彼を待っていた。翌日も、その翌日も、眠い目をこすりながらほとんど寝ずに待ち続けた。

彼は約束を必ず守る人だ。きっと帰れなくなるような事態が突然起こったのだと思ったら、じっとしていられなくなった。

幸い子シルラたちは皆元気だ。シルラはとても賢い。親シルラたちに留守番を頼めば、アイが戻るまでちゃんと子どもの面倒を見ていてくれる。それに警備軍の駐屯地までは、アイの足でも歩いて二時間ほどでつける。

行って、無事だけ確認してすぐに帰ってくればいい、と思い立ち、アイは里を飛び出してきたのだ。銀色の髪は目立つので、黒いショールをかぶった。瞳の色は、近くでのぞきこまれたりしない限り気づかれないだろう。

天気もよく目的地まで歩きやすい平坦な道だったことが幸いし、思っていたよりも短い時間で駐屯地にたどりつくことができた。

（あそこだ……）

木々の茂る中に、横に細長い建物が見えている。柵《さく》で囲われた入口に、アーサーと同じ軍服を着た兵士が二人立っているのが見えた。ものものしい雰囲気ではないが、戦時ということもあり緊張感が漂っている。

だが、ここまで来て怯《ひる》んで引き返すわけにはいかない。アイはぎゅっと拳《こぶし》を握り、門衛の兵士たちのほうへ足を踏み出した。

兵士たちはすぐにアイに気づき、向こうから声をかけてきた。

「そこの少年、このあたりは危険だから戻りなさい」

「どこから来たんだ？　道を間違えたのか？」

アイとそれほど歳《とし》の変わらなそうな兵士たちは、威圧的どころか心配そうな眼差しを向けてくれ、アイはホッとする。

「すみません、お務め中に。実は、人を訪ねてきました。警備軍の兵士さんに知り合いがいて、その方のご無事を確認したくて……」

「兵士に面会希望か。家族以外は難しいかもしれないが……」

「いいえ、会えなくともいいんです。ただ、お元気かどうかだけ教えていただければ……」

アイの必死な様子に、兵士たちの表情は緩む。

「そんなに心配しなくとも大丈夫だ。まだ敵軍に動きはないし、戦闘が起こったという話もないから」

「ちなみにその兵の名前は？　会えるかはわからないが、どうしているかは教えられるぞ」

「ありがとうございます！　あの、アーサーさんといいます」

「アーサー？」

二人は同時に首を傾《かし》げた。

「うちの隊はそれほど兵は多くないが……アーサーってヤツはいなかったよな？」

「ああ、知らない」

「キリッとした黒い瞳と短い黒髪で、背はこのくらい。とても凜々《りり》しくて美しい、伝説の軍神様を思わせるような方、なのですが……」

アーサーは相当に目立つはずだ。もし何か理由があり軍で違う名前を使っていたとしても、今の容姿の説明でわかるに違いない。

だがアイの説明に、二人はさらに眉を寄せてしまった。

「あ、もしかして、本軍のスタイロン副将のことじゃないか？」

一人がポンと手を打つと、もう一人も大きく頷く。

「確かに、今の話にぴったりだな。お名前もアーサーだし」

「本軍……？　いえ、違います。僕の知り合いは警備軍の兵士のアーサーさんなので」

「警備軍には君の捜しているような人はいないよ。美しくて凜々しい伝説の軍神みたいな、といえば、本軍のアーサー様だろう」

「そう、それに誰《だれ》よりも強い。スタイロン副将殿なら、お一人で敵兵百人を蹴散《けち》らしてみせるだろうな。あの方こそまさに軍神様の生まれ変わりだ」

二人の表情も口調も高揚している。その本軍の将校への憧《あこが》れの気持ちが伝わってくる。

盛り上がる兵士たちの興奮気味の会話を聞きながら、アイは困惑していた。鼓動は次第に早まってきている。

（アーサーさんは、警備軍の人じゃない……？）

そんなはずはない。彼は最初に警備軍の兵士だとはっきり言ったし、嘘をつくような人ではないのだ。

「あの、こちらにアーサーという名の人がいないのは、確かなのですね？」

一縷《いちる》の望みをこめてアイは確認する。だがその希望の糸はあっさりと断ち切られる。

「確かだよ。アーサーって名の仲間はいない」

「所属が違うんじゃないか？　軍神のようなといえば、本軍の副将殿しか思い浮かばないが……」

「ありがとうございました、失礼しますっ」

あ、おい、という戸惑った声を背中に聞きながら、アイは逃げるようにその場を離れる。

頭は混乱し切って、胸はドクドクと不穏に鳴っている。

（一体、どういうこと……？）

アーサーという人間は国境警備軍にはいなかった。もしや初対面のときにアイを信用できず、偽名を使ったのだろうか。だがアイが説明したような容姿の兵士もいないと、彼らは断言していた。

思えばアイは、アーサーのことをほとんど知らない。知っているのは名前と所属、そして悲しい過去だけだ。名前と所属が違っていたのなら、彼を捜す術《すべ》はない。

（アーサーさん、嘘、ついてたの……？　どうして……）

兵士たちは言っていた。それは同じアーサーという名の、本軍の副将ではないかと。

本軍というのはシルヴェリア国王を守る中心部隊だ。国の誇るエリート精鋭の集まりで、彼らが守っているがゆえにゾルディア国はシルヴェリアを攻めあぐねていると聞いたことがある。副将というなら、そこで二番目に偉い人だが……。

（そんなわけない……っ）

人違いだ。そんな軍を司る立場の人が戦時に国境付近に一人で来るわけがないし、アイと一緒にずっと里に滞在してくれるはずもない。

（そうだよ。僕と、ずっと一緒にいてくれた……）

ほとんど知らないのは彼の上辺だけのこと。その中身なら、アイはよく知っている。怖そうに見えるが、本当はとても優しいこと。感情表現が下手なだけで、たくさんの想いを内に持っている熱い人だということ。融通がきかず頑《かたく》ななところもあるけれど、まっすぐで誠実な人であること。

そして、触れるととても安心することも。指から伝わる、愛《いと》しいという想いも……。

（もしもアーサーさんが、このままずっと帰ってこなかったら……）

考えまいとしていたのに、不安が心を占領してきて瞳が熱くなってくる。

この数ヶ月、幸せの中にあっても本当はずっと恐れていた。彼が出ていったきり、帰ってこなくなることを。

天からの贈り物のようにふいに現れた人。もしかしたら彼の使命はシルラを増やし里を救うことで、それが叶《かな》った今、また元いたところに戻ってしまったのではないか。

（弱気になっちゃ駄目だ。しっかりしなきゃ……）

アイは強く唇を嚙み、拳を握る。悲しい顔をしていると幸運は逃げていく。母はいつもそう言っていた。

（大丈夫。アーサーさんを信じよう。信じて帰りを待っていよう）

アーサーと出会うまではずっと独りだった。シルラたちと一緒に、そのうちいいことがあると信じて生きてきた。笑顔でいれば不安は消えてくれた。

これからだって同じだ。心から信じていれば必ず叶う。アーサーは戻ってきてくれる。

「さぁ、早く帰って、みんなとアーサーさんのご飯を作らなきゃ」

アイは不安を追い払い笑顔を作ると、里へと続く森へ向かって足を速めた。

ふいに、背後から疾風《しっぷう》が吹きつけた感覚に首をすくめた。同時にかぶっていたショールをいきなりはがされ、「あっ」と声を上げる。

ふわりと舞ったショールの端は馬上の人物の手に握られており、追い越された瞬間に奪われたのだとわかった。

馬は二頭、それぞれに若い男が乗っている。

「えっ、何……？」

ショールを取った男は馬を止め、くるりとアイに向き直った。

目の覚めるような金髪と青い瞳を持った美しい人だ。商人の服を着ているが、内からにじみ出るオーラは強く圧倒されるようで、明らかに庶民ではない。後ろにつき従っている男も、身なりは質素なものだが目つきが違う。冷ややかな野獣のような目だ。

「なるほど、見事な銀髪だ。あなたがシルラの神子ですか？」

金髪の男がぶしつけなくらいじろじろとアイを眺めて問う。宝物を発見したような嬉しそうな顔だ。華やかな美貌《びぼう》だが目の光は油断ならない。ひと目でアルファだとわかるが、アーサーとはまったくタイプが違う。

（この人は……何か危ない）

直感だった。アーサーと初めて目が合ったときは、その澄んだ瞳に彼がまっすぐな人であるとわかった。目の前の彼は違う。内面をのぞかせないのはアーサーと同じでも、彼はきっと平気で人を策略にかけられるタイプの人間だ。

「質問に答えろ」

従者の男が鋭く睨《にら》みつけるのを、主人が苦笑で抑える。

「そう怖がらせるな。まだほんの少年のようではないか。愛らしいが、とても神子には見えないな」

「ショールを返してくださいっ」

クスクスと笑う男を、アイはキッと睨みつける。

「おっと、なかなか気が強いな。ご無礼しました、神子殿」

投げ返されたショールをしっかりと受け止め、アイは男たちから距離を取る。

「あ、あなたは、どなたですか？」

里の入口に続く森までたどりついたということは、シルラを狙《ねら》っている者かもしれない。エドとルゥがいれば、その反応で彼らがシルラに敵意を抱いているかどうかがわかるのだが……。

美貌の男はよくぞ聞いてくれたとばかりにニヤリと笑い、わざとらしく頭を下げる。

「これは失礼しました。私の名はサミュエル・ルイス・ゾルディア。ゾルディア国王の第一子です。お初にお目にかかる。シルラの神子、アイ殿」

「えっ！　ゾルディア国の、王子様っ？　あなたがっ？」

アイは耳を疑い、啞然《あぜん》と男を見返す。

「ま、まさかそんな……ここはシルヴェリア国です！　入ってこられるわけが……っ」

敵国の王子は片目をつぶり、立てた人差し指を左右に振る。

「道はいくらでもあるのですよ。シルヴェリアの国境警備軍が把握していない抜け道がね。おっと、これ以上は秘密ですが」

おかしそうに笑うサミュエル王子を、アイは呆然《ぼうぜん》と見つめる。

確かに国境線は警備隊が守っている平坦なところだけではなく、険しい山や深い森で隔たれている部分も多い。しかしそこを越えて、あえて危険覚悟で侵入してくる者がいるとは……。

（それも、一国の王子様が護衛の人たった一人で……）

ゾルディア国王は高齢のため、実際の政務は優秀な第一王子が主に行っているとアイも聞いたことがある。敵国に侵入しながらまったく動じていない彼を見ていると、なるほどと頷ける。この王子はただ者ではない。

「い、一体、何が目的でこんなところまでいらしたのですっ」

相手から目をそらさず、アイはさらに数歩下がる。王子も従者も武器を持っている様子はないが、何をしてくるかわからない。もう少し里に近ければシルラがアイの危機を察知し加勢に来てくれることも期待できるが、それには距離がありすぎる。

「そう警戒なさらずとも。神子殿をどうこうしようなどと考えてはいませんよ。むしろ仲良くさせていただきたいと思って、こうしてあなたに会いに来たのです」

サミュエル王子は武器を持っていないことを示すように両手を広げてみせる。

「仲良く……？　意味がわかりません」

「では単刀直入に言いましょう。アイ殿、シルラとともにわが国に移りませんか？」

「えっ？」

思いもかけない提案に、アイは目を見開く。

「ゾルディア国に移れとおっしゃるのですか？　シルラの里を出て……？」

「里といっても、残っている人間はあなただけなのでしょう？　たった一人で荒廃した里を守っていくのは大変なのでは？」

アイは驚愕《きょうがく》に言葉を呑《の》みこむ。なぜ隣国の王子がそんなことまで知っているのだろう。

王子はアイの反応に満足げにクックッと笑う。

「神子殿、人の口に戸は立てられぬものです。噂《うわさ》というものはどうしたって、どこからか広まってしまうのですよ。ましてやシルラの神子は、皆の注目の的ですからね」

王子は馬上から身を乗り出す。

「それにしても、先の大戦では大活躍したシルラが、今ではこんな辺境の地に悲惨な状態で放置されている。シルヴェリアの扱いはひどいものですよね」

「それは違いますっ」

やれやれと首を振る王子にアイは反論する。

「大戦の後、当時の神子は自ら一線を退いて里に隠れ住んだんです。王室はその場所を把握していないのですから、里の荒廃ぶりを知りようがありません」

「しかし大戦の大功労者を捜しもせず、長いことほったらかしていたわけだ。いわば、あなたたちは見捨てられていたということですよ。ですが我々は違う。あなたとシルラを厚遇する」

王子は美しい顔に友好的な微笑を浮かべるが、その青い瞳はなにかたくらんでいるような気配を感じさせる。

「あなたをゾルディア国の特別な民として受け入れましょう。あなたとシルラに肥沃《ひよく》な土地を贈り、あなたに仕えシルラの世話をする従者もお望みのままにつけます。あなた方はその新たな里で安全に、自由に暮らせばいい」

「王子様、お断りします。だって僕たちがゾルディア国に移っても、侵略は止《や》まないのでしょう？」

　アイはきっぱりと告げる。

　サミュエル王子の狙いはわかっている。ゾルディア国はシルラを脅威に感じているのだ。だから神子とシルラを手中にし、シルヴェリアの強力な兵器としての役目を封じたいのだろう。もしかしたら、彼らの側の武器として利用することも考えているかもしれない。

「どうか心配なさらないでください。シルラたちはもう二度と、戦争には参加しません。神子である僕がお約束します」

　ゾルディア国にも、シルヴェリア国にも協力しない。それは神子としての揺るがない、硬い決意だ。

　アイのまっすぐな視線を受け、王子はなぜかおかしそうにハハッと笑った。

「なるほど。ご立派なご決意ですが、信用はできませんね。すでにシルヴェリア王室に取りこまれ、利用されかけている方のお言葉を」

「えっ、なんて……？」

「大変危険な男を里に招き入れられたでしょうが。今やすっかりその男に骨抜きにされていらっしゃるご様子で」

「っ……！」

アイは言葉を失い王子を見返す。

彼は、誰のことを言っているのだろう。まさか……。

「国境警備軍の駐屯地にまで、わざわざ捜しに行ったのですか？　健気《けなげ》ですね。こんなに愛らしく純真な神子を騙《だま》して弄《もてあそ》ぶとは、罪な男だ」

駐屯地を訪れたところを見られていたのか。

血の気がどんどん引いていくのを感じながら、アイは口を開く。

「あなたは、何か、知って……」

これ以上聞きたくない。その言葉を信じてはいけないと思うのに、王子はアイの激しい動揺を楽しんでいるかのような笑いで口元を歪《ゆが》める。

「ええ、もちろん知っていますよ。彼はわが国でも有名人で、私にとっては好敵手でもありますから。一年前、国境付近の小競り合いでたまたま前線に出ていた私と、本軍の彼が剣を交えたのですよ。結果は引き分けでしたが、噂に違《たが》わぬなかなかの腕前でした」

「本軍……」

「ええ。あなたの入れ上げている男はシルヴェリア国本軍の副将、アーサー・スタイロンです。あなたには自分の身分を明かしてはいなかったでしょうけどね」

アイは呆然と立ち尽くす。

（アーサーさんが、本軍の副将……？　でも、どうして……？）

ショックなのはその正体よりも、事実を隠されていたことだ。アイは、アーサーに嘘をつかれていた。

「なぜ素性を隠していたか、知りたいですか？　隠密任務だからですよ。シルラの里を探し出して、神子殿とシルラを軍の支配下に入れるのが彼の目的なんです。もちろん、シルラを秘蔵の武器として使うためにね」

「嘘です……信じません」

言い返す声は、しかし力なくかすれてしまっていた。心臓は砕けそうなくらい高鳴っている。

心に浮かぶのは、見つめてくる熱を帯びた優しい瞳……。たまに向けてくれる穏やかな微笑……。

違う。あのすべてが演技だったはずがない。敵国の王子は自分を混乱させ、彼への信頼を打ち砕こうとしているのだ。

「信じないならそれでも結構ですが、こちらとしては見過ごしにはできないですね。あなたがあの男に夢中になりシルラを差し出したりしたら、わが国にとっては脅威となりますから」

王子はアイを見下ろし、肩をすくめて笑う。

「なりませんっ。もし……もしアーサーさんがあなたのおっしゃるような素性の人だったとしても、シルラを武器になんて、考えていません！　そんなこと僕が許しません！」

アイとシルラの作る平和な世界を、ともに見てみたいと言ってくれたアーサー。彼の子シルラたちを見つめる目には、愛情すらこもっていた。兵器として戦場に送り出すために育てているとは思えない。

王子は呆《あき》れたように嘆息する。

「やれやれ、洗脳がかなり進んでしまっているようだ。さすがスタイロン副将、英雄オーガ将軍の懐刀と言われるだけのことはありますね。融通の利かない無骨な石頭は隠密任務には向かないだろうと思っていましたが、意外にも素質があったようです」

王子はおかしそうに笑い、アイのほうに馬を進めてきた。アイは体を強張《こわば》らせ身構える。

「神子殿の目が覚めるように、もう一つ面白い話をお聞かせしますよ。コーネリア王にお会いになったことは？」

「シルヴェリアの、国王陛下に……？　あるわけないです」

拝謁したことはもちろんその姿を見たこともないが、村の人から話だけは聞いている。

先王が病で亡くなり跡を継いだのがたった一人の男子、まだ二十二歳の若きコーネリア王子だった。女神のように美しいオメガで、とても賢く、民を思う気持ちの強い優しい方だという。

王子は馬上から身を屈《かが》め、アイとの距離を詰めた。

「王があなたと同じオメガだというのは、ご存知ですよね？　オメガの王には政務と同じくらい大事な任務があります。それは、優秀なアルファのつがいを娶《めと》り、世継ぎを作ること。アーサー・スタイロン副将は、そのつがいの最有力候補なんですよ」

高鳴っていた心臓が、一瞬動きを止めた気がした。

（国王陛下のつがい候補……アーサーさんが……？）

一生つがいは作らないと言っていた。軍人だから、国を守ることに身も心も捧げているから、と。それでも、アイのことは特別だと言ってくれていたのに……。

自分と契りを結ばなかったのは、まさか国王陛下のためだったのか？

「これでおわかりでしょう。あなたは騙されているのです」

勝ち誇ったような王子の声が届いてくる。アイはもはや反論もできず立ち尽くすだけだ。

「神子殿、シルヴェリア国は王室と軍がぐるになって、シルラを再び戦場に駆り出そうとしている。ゾルディア国ではあなたとシルラの自由を保証しましょう。いかがです？　このまま私と国境を越えて……」

「アイ！」

突然割りこんだ声に、アイの全身は震えた。

疾走する馬の蹄《ひづめ》の音が近づいてきたと思った次の瞬間、ふわりと体が浮き上がった。馬上に抱え上げられたのだ。

「サミュエル王子、退《ひ》かれよ！」

アイをしっかりとその腕に抱えたアーサーは、敵国の王子と対峙《たいじ》してもわずかにも怯まず睨みつける。その瞳にはアイの初めて見る怒りの炎が燃えている。

王子は美しい顔を歪め露骨に舌打ちしたが、すぐにニヤリと笑った。

「これはまた、無粋なところでご登場だな」

「いかなるおつもりか！　国同士が交戦寸前の今、単身国境を越えてくるとは……！」

「そういきり立つな。シルラの神子殿にお会いしたいと思い、立ち寄っただけだ。おかげでアイ殿と大変有益な話ができたぞ」

「アイに、何を話された」

口調は平坦だが、アーサーの王子を見る目は底冷えがするほど冷たい。

「いやいや、アイ殿がともに暮らしている男の素性すら知らないようだったので、教えて差し上げただけだよ。たまたま貴殿とは顔見知りだったからね。スタイロン副将」

「この……っ！」

アーサーの体温が急激に上がる。右手が剣の柄にかかるのを見て、アイは青ざめそれを両手で止める。

「アーサーさん、やめて！」

「おっと、怖いな。いいから下がれ。仮にも本軍の副将が、いくら頭に血が上ったからといって、隣国の王子に斬《き》りかかるような愚は犯すまい」

王子は前に出ようとする従者を下がらせ高らかに笑う。

「しかし、氷の岩盤のような貴殿が、そんなに怒りをあらわにするところを初めて見たぞ。どうやら神子殿は貴殿にとって、よほど大切な方のようだ」

「覚えておかれよ、サミュエル王子」

押し殺した声がアーサーの唇から漏れる。

「再びアイに近づくようなことがあれば、私はためらうことなくこの剣を抜く」

人を食った笑みを浮かべていた王子の顔が、圧倒されるような怒りを向けられてさすがに強張る。

「なるほど。ここはおとなしく退散したほうがよさそうだ」

王子は肩をすくめ、馬の向きを国境のほうに向ける。

「スタイロン副将、勝負は日を改めて。神子殿も、またお会いしましょう！」

不敵な笑い声とともに、王子は従者を伴いあっという間に遠ざかっていった。

「アイ、大丈夫か」

アーサーの声が少し遠い。悪い夢の中にいるような感覚で、頭がぼんやりしている。答えようと思うのに、激しい震えで歯がカチカチと鳴ってしまう。寒い。

「体がひどく冷えている。里に戻って温めなくては……」

鞭《むち》を入れられ、馬が駆け出す。

アーサーがしっかりと抱いてくれているのに、今はそのぬくもりを感じられない。待ちに待った彼が、ちゃんと自分のもとに帰ってきてくれたのだ。嬉しいはずなのに、安堵《あんど》感が湧いてこない。

ここにいる彼が本当は誰なのかすら、今はわからなくなってしまっているから……。

馬は瞬く間に里に到着した。手を借り馬から下りたアイは、アーサーの手を振りほどき数歩離れる。

「アイ、急に帰れなくなってすまなかった。理由を説明したい」

「僕……シルラの小屋に、行かなくちゃ……」

アーサーと目を合わせず、アイはふらつきながらシルラ小屋へと向かう。

小屋の入口で待っていたエドとルゥが立ち上がる。アーサーに対して最近はアイに対するのと変わらぬ友好的な態度だった二頭が、表情を硬くする。シルラは神子の心を忠実に受け止める。

「アイ、少し話をさせてくれ」

アーサーにしては珍しい切羽詰まった声が追いかけてくるが、アイは足を止めない。

「みんなに、ご飯をあげないと……」

「私がやる。おまえは家で休んで……」

「アーサーさんは小屋に入らないでください」

アイは体ごと振り向ききっぱりと言った。アーサーはアイの顔を見てハッとし、足を止める。

「シルラに近づいてほしくない」

相手がつらそうに眉を寄せるのを見て、アイの胸も激しく痛む。きっとアイも今、彼と同じ顔をしているのだろう。

こうして向かい合っても、彼のことがわからない。シルラの本当の姿を受け入れてくれ、子シルラたちをあんなに愛情を持って世話してくれていた彼が、本当はアイには言えない秘密を持っていたなんて……信じたくない。

（アーサーさんを信じたいのに、もうわからない……）

アイの帰りに気づいた子どもたちがミャアミャアと飛び出してくる。無邪気な彼らは大人のシルラのように、人の気持ちをくみ取る能力はない。アーサーの足にも、いつものように遠慮なくじゃれついていく。

「みんな、こっちへおいで！」

子どもたちを摑まえようとしてバランスを崩した。まっすぐ立っていられない。

「アイ！」

力強い腕に背を支えられるが、その感触も声もとても遠い。

「頼むから、今は休んでくれ。話は後だ」

そのままふわりと体が浮く。抱き上げられたのだとわかったが、抵抗する気力がない。

家に運ばれる前に、アイの意識は薄れていった。


湖のほとりには可憐《かれん》な花がいっぱい咲いている。

隣にはアーサーがいる。シルラたちも、みんないる。

アーサーは笑っている。子どもたちにじゃれつかれ、嬉しそうに苦笑している。アイももちろん笑っている。

ここには家族がいる。自分がずっと求め、夢見ていた、温かい大事な家族が……。

——母さん、出会えたよ……。

頬に触れられた気がして目を開けた。母ではなくアーサーが、心配そうな顔でのぞきこんでいた。

（夢……）

できることならずっと見ていたかった。悲しい現実と向き合いたくなかった。

「どうだ、気分は？」

アイは上体を起こす。寒気もめまいもない。心の痛みを除いては、だいぶよくなっている。

黙して答えないアイに、アーサーの真剣な声が届く。

「話がしたい。いいか？」

聞きたくはなかったが、そういうわけにはいかなかった。何も知らなかったことにして、このまま一緒に暮らしていくことはできない。

「本当のことを、話してくれるんですか？」

アイは勇気を出して、アーサーに目を向けた。

「もう、嘘は嫌だ。アーサーさんのこと信じたいのに、信じられなくなりそうで……」

アーサーは沈痛な面持ちで目を伏せる。つらい顔をさせてしまったことにアイの胸は引き裂かれそうに痛むが、知らないままでいるわけにはいかない。アイは神子として、シルラを守る役目がある。

「おまえを不安な気持ちにさせてしまって、すまなかった。もっと早く、私の口から真実を打ち明けるべきだった。もしまだおまえに私を信じたい気持ちが残っているなら、聞いてほしい」

アーサーは静かな声で語り出す。

「私の本当の所属は国境警備軍ではなく、シルヴェリア国の本軍だ」

「アーサー・スタイロン副将……オーガ将軍の次に偉い人……？」

「そうだ。おまえと初めて会ったあの日は、森のどこかにあるらしいというシルラの里を探していた。シルラと神子が今どうしているか、里がどんな状況か確かめ、可能なら里に協力を要請する任務を私は負っていた」

「協力……それは、戦争への……？」

「そのつもりだった」

アーサーははっきりと告げた。

もういい。もう聞きたくない。

だがアーサーはごまかすことなくすべてを話そうとしてくれている。つらくてもとにかく最後まで聞こうと、アイは決意する。

「アイ、ゾルディア国軍と正面からぶつかった場合、明らかにわが軍のほうが劣勢だ。敵はこちらの約十倍の兵力を抱えている。いくらわが軍が精鋭揃《ぞろ》いでも、その差はいかんともしがたい。かつての大戦でも同じ状況だったが、それを覆したのがシルラの力だった。敵がいつ攻めてくるかわからないという今の情勢の中で、もう一度シルラに頼ろうという声が上層部で高まっているのも無理からぬところなのだ」

シルヴェリア国軍がそれほど追い詰められていたとは、アイも知らなかった。シルラを強力な兵器と考える人が軍ではほとんどだろうから、そういった案も出てくるのは当然の流れだ。

「だがシルラの里は隠されており、その場所も定かではなかった。まずは里の人間に気づかれ反感を買わないよう、隠密裏に探ろうということになった。そして、可能なら交渉しようと。大勢で押しかけるのは警戒され、得策ではない。シルラに攻撃されることも考えるとそれなりに腕が立ち、かつ里の長《おさ》と対等に話ができる者が望ましいということになり、私が手を挙げた」

アーサー以外の者だったらシルラの毒にやられていただろう。人選は間違っていなかったことになる。

「シルラに協力を求めるのは、私自身はどちらかといえば反対だった。先の大戦で、シルラも神子も深い痛手を負ったがゆえに隠れ里に移り住んだのだろうし、兵力の少なさは戦略で補っていくべきだと思っていた。だが、シルラがどういう獣なのか知りたいという気持ちは誰よりも強かったと思う。おまえも知っての通り、少年の頃に見たシルラの姿が頭に焼きついて離れなかったからだ」

彼の村が侵略され大勢の人が亡くなった悲劇の日の光景は、アーサーの心に深く刻みこまれていたのだろう。シルラはその悲しみの象徴だったのかもしれない。

「シルラが本当に攻撃的な猛獣なら、兵器として利用するのもやむなしと私も考えただろう。しかし、実際は違った」

厳しかったアーサーの瞳がやわらぎ、エドとルゥに向けられる。

「この三ヶ月、おまえとシルラとともに村を訪れながら、私の心は次第に変わっていった。以前は戦に勝利することだけが頭を占めていたのに、民に必要なものはなんなのかをまず考えるようになった。まるで私の冷え切った心自体が、シルラに癒《いや》されたかのように」

アーサーは視線をアイに戻す。その目は澄み渡り、嘘もごまかしもない。

「アイ、今の私はおまえとシルラの目指す世界を、ともに作っていきたいと心から思っている。そのためにこの三ヶ月間は、軍の中でも戦に懐疑的な者たちに働きかけ、シルラへの誤解が解けるよう努めてきた。今回の帰軍で国王陛下とオーガ将軍殿に里でのことを直接報告し、シルラを参戦させるのを思い止《とど》まってもらう予定だったのだが……ここで状況が変わってきた」

アーサーの表情が険しくなり、アイの鼓動も早まる。

「小康状態を保っていたゾルディァア国王の容態が悪化しているようだ。おそらく王は目の黒いうちに、このシルヴェリアを手に入れるという野望を果たしたいだろう。サミュエル王子が危険を侵してまで、おまえとシルラに接近してきたのもそのためだ」

「全面戦争が、始まるかもしれないんですか？」

声が震える。

「あるいは。オーガ将軍殿は今こそ好機とこちらから打って出ることを主張され、私をはじめとする反対意見の者と三日三晩意見を戦わせていた。最終的には陛下が決断を下され、攻撃に備えつつしばらく様子を見ることになった。そういった理由で、里に戻ってこられなかったのだ。さぞ不安だっただろう」

すまない、と頭を下げるアーサーに、アイは首を振る。

そんな国を左右するような会議が行われていたのなら、戻れないのは当然だ。アーサーがそういった大変なことを決する立場にいる人なのだという事実を知らされ、アイは改めて彼との距離を感じた。

（アーサーさんは、すごい人なんだ……）

「アイ、私はギリギリまで戦闘を回避するために動こうと思う。戦争で苦しむのは民だ。この里に来て、おまえに同行し村人と触れ合ううちに、私は彼らの笑顔をもっと見たいという気持ちになっていた。兵士として為《な》すべき本当のことが見えてきた思いだった。だが軍人としての任務の前に、もっと大切なことがあった。おまえに真実を話すことだ」

アーサーの真摯な目が向けられる。

「素性を隠していることは本当に心苦しかった。何も疑っていない素直な瞳をおまえに向けられるたびに、自責の念に胸が激しく疼《うず》いた。ただ私としては、このシルラの里の中立を正式に陛下に認めてもらってから、すべてを打ち明けたかったのだ。私が速やかに事を進められなかったために、悪意のある者の口を通して、おまえに素性を知られることになってしまった。許してほしい」

アーサーは出かける前に、話したいことがあると言っていた。おそらく帰ったらすべてを打ち明けてくれるつもりだったのだろう。何事もきちんと片づけるまで口にしたくないという、彼の真面目《まじめ》さと誠実さはよくわかっている。

（アーサーさんは本当のことを、今隠さず話してくれた……）

アイは彼の誠意を確かに受け取った。彼にこれまでもらってきたたくさんのものを思えば、これ以上責める気持ちには到底なれなかった。

胸の痛みを堪《こら》えそっと唇を噛み、寝床の上に正座して背筋を伸ばす。

「話してくださってありがとうございます。アーサーさんのお話、僕は信じます」

冷静に、シルラの神子として話をしなければと思った。アイはかろうじて微笑を作り、まっすぐにアーサーを見返す。

「本軍の副将様という素性を隠さなければいけなかったのも、任務のことを言えなかったのも当たり前です。そしてあなたがシルラのことを理解してくださり、この四ヶ月間里のために力を尽くしてくださったことも、僕は知っています。むしろ感謝しかありません。だから、何も謝ることはありません」

「アイ……？」

そうか、わかってもらえてよかったと安堵してくれるかと思った相手は、困惑した様子でアイを見返している。アイがはっきりとアーサーに対して線を引き、距離を置いたことを感じたのだろう。

「僕やシルラのために引き続きご尽力くださっているとのお話、本当にありがとうございます。シルラの里は戦争に協力できないことを、副将様から皆様にこれからもお伝えいただけたら嬉しいです」

アーサーに安心してもらえるように、彼の心の負担にならないように、アイは明るく笑ってみせる。

全面戦争の危機が高まっているのなら、彼はまたすぐにでも軍に戻らなければいけないのだろう。アーサーはそういう立場の人なのだ。それなのに無理して時間を作り、アイのところに帰ってくれた。誠意を尽くして言いづらい真実を打ち明け、アイとシルラを安心させるために。

「僕はもう大丈夫です。シルラのこともご心配なさらないでください。シルラは成長が早いので、すぐに大人になって手がかからなくなりますから。それよりも、早く軍にご帰還ください。皆さんきっとお待ちです。副将様の本来のお務めを果たしてください」

これで、本当に最後になるのだろうか。

そう思ったら伝えたいことが一気に湧き上がってきて、瞳が熱くなった。人を好きになるという気持ちは本当に素晴らしいと、アーサーに教えてもらった。せめて『ありがとう』とだけでも言いたかった。

けれどそんなことを今言って、彼に罪悪感を抱かせるわけにはいかない。アイのことを哀れに思い、彼は軍に帰るのを躊躇《ちゅうちょ》してしまうかもしれない。

（アーサーさんは、とても優しい人だから……）

四ヶ月ともに過ごして、アイはそれをよく知っている。

「ご無事をお祈りしています。副将様、どうか、お元気で」

こみ上げる涙がこぼれないように、アイはぎゅっと拳を握り頭を下げる。

アーサーは動かなかった。目を見開きアイをまじまじと見つめていたが、やがてやれやれというように首を振り、額に手を当て深く息を吐いた。

「どうしようもない男だな、私は。優先順位を、また間違えてしまった」

独り言のようなつぶやきには、自嘲《じちょう》交じりの怒りすらにじみ出ている。

「優先、順位……？」

「話の優先順位だ。一番先に言うべきことが最後になってしまった」

顔を上げたアーサーは強い瞳でアイを見た。トクンと鼓動が高鳴る。

「アイ、私はおまえを愛している」

「っ……」

迷いなくぶつけられた言葉に、アイは息を呑む。向けられる瞳の熱が、冷え切っていた体の温度を徐々に上げていく。

「心から愛している。おまえは私の唯一無二のつがいだ」

言葉を失っているアイに、アーサーは繰り返す。

自分の体が微かに震えているのがわかる。嬉しいからか。夢から覚めてしまうのが怖いからか。

「だ、だけど……っ」

やっと出たかすれ声は、取り繕わないいつものものに戻ってしまっていた。

「だけど、だって……国王陛下は……？」

「陛下がなんだって？」

アーサーは本気でわからない様子で眉をひそめる。

「王子様が……アーサーさんは、国王陛下のつがい候補だって……っ」

そうなのだ。アイも一番傷ついていたのは……一番知りたかったのはそのことだった。

素性を偽られることよりも、ここに来た目的を隠されることよりも、まるで恋する者同士のように触れ合った夜がすべて嘘だったのだと思うことがもっともつらかった。情が通い合っていると思い、きっといつかは約束してくれると信じていたのに、その望みを粉々にされたのが悲しかったのだ。

アーサーは思い切り眉を寄せ、首を振った。

「そういう話は確かにある。だが周囲が勝手に騒いでいるだけで、私にも陛下にもそんなつもりは一切ない」

きっぱりと言い切る。

「以前言ったな。おまえに対する感情の正体を見極めたい、おまえに触れて確かめたいと。すでに結論は出ている。おまえへのこの想いは、アルファとしてのただの欲望ではない。おまえだからだ。私は、おまえだけが欲しいのだ」

胸の高鳴りが甘さを伴いはじめる。深い悲しみが、嘘のように喜びに変わっていく。

「だが最初のうちは、冷静になり慎重に考えるべきだと思っていた。おまえはシルラの神子、私は本軍の副将だ。互いに期待される立場があり、やるべきことが多すぎる。ただおまえといるとそのすべてを忘れ、日々満たされ安らいで過ごすことができた。そうして初めて私は、自分がこれまでどれほど、『軍人としてあるべき姿』というものに縛られていたのかを知った」

アーサーの口調が熱を帯びてくるとともに、発する気も変わってくる。その気はアイを次第に包みこみ、体の温度を高めていく。

（これは……アーサーさんの、想い……？）

「おまえが笑うと胸が震えた。神子として振る舞っている姿もいじらしく、愛らしく見えた。シルラに注ぐ愛情は深く、眼差しは慈愛に満ちて、同じ瞳を私にも向けてほしいと思った」

「ア、アーサーさん……」

まさかあの無表情の下で、彼がそんなことを思っていたなんて……。

アイの頬はどんどん火照ってくる。もう十分ですと言いたいのに、アーサーの告白は止まらない。

「そして、発情しているときのおまえがどんなに魅力的で美しいか、自分ではわからないだろう。恥ずかしながら身悶《みもだ》える姿を前にして、抗《あらが》えるはずがない。おまえと体をつなげたいという欲望を、これまでよく耐えられたものだと自分をほめてやりたいくらいだ」

大きな手がついに伸ばされ、アイの腕を掴む。ビクリと体が震えたのは、迸《ほとばし》るような濃厚な気が体の中に流れこんできたように感じたからだ。まるで触れられたところから伝わる想いが、細胞の一つ一つを変えていくように。

「アイ、私はおまえのすべてが愛しい。このアーサー・スタイロンが、おまえといると軍での立場を忘れそうになる。人にとってもっとも大切なものが何か、わかってくる気がする。私をこんな気持ちにさせるのは、おまえだけだ。」

アーサーはゆっくりと、大切な言葉を繰り返す。

「おまえは『運命のつがい』とよく言う。運命という言葉は好かない。私が選び、これほど惹《ひ》かれたのだから、結果として運命となったのだ。おまえは間違いなく、私の運命のつがいだ」

一番欲しかった言葉に、堪えていた涙が一筋こぼれる。

「ほ、本当に……？」

すがるような声とともに、アイの瞳から涙はポロポロと流れ落ちる。

「アーサーさんは、僕のつがいになってくれますか……？　一緒に、いてくれますか？」

大好きな人の目が細められ、口元に微笑みが浮かんだ。伸ばされた手が愛しげに涙を拭《ぬぐ》ってくれる。

「誓おう。誰がなんと言おうと、おまえのつがいは私だけだ。これからも命をかけておまえを守る。そして、何があっても絶対にそばを離れない」

「あ……っ」

両肩を摑まれ引き寄せられ、とっさに目を閉じる。唇が触れ合う。

体には何度も触れられたが、唇を合わされるのは初めてだ。これまで耳や頬に唇を押し当てられることはあっても、口づけ合うことはなかった。それが特別な行為だと、アーサーも感じていたのだろう。まるで厳かな誓いのようで、湧き上がる嬉しさに瞳がまた濡れる。

「んっ……んんっ」

いつものアーサーの気遣うような触れ方ではない。情熱的な唇はやや不安に震えるアイの小さな口を強く吸い上げ、強引な舌がすぐに分け入ってくる。アイの怯《おび》え引っこんだ舌に絡まり、弄《いじ》り、知らなかった感覚を引き出していく。

（なんで……、発情してなかったはずなのに……っ）

覚えのある感覚に全身を支配されはじめ、アイは戸惑う。

オメガの発情はある程度周期が決まっているが、アルファはそうではないようだ。今アーサーの全身からはアイが欲しいという濃厚な気が放たれ、アイの体もそれに反応しはじめていた。

「やっ……アーサーさ……っ」

やっと唇が離れ、アイはほうっと息をつきながら目を開ける。

開けたことを後悔した。いつもの冷静さのない、欲情を宿した獣のような目にぶつかり、魅入られる。まるで火をつけられたように、体の奥が熱を帯びてくる。

「私を受け入れてくれ、アイ」

「アーサーさん……」

抱きすくめられ、再び口づけをかわす。この瞬間が夢ではないことを味わいたくて、アイも広い背に両手を回し、全力で抱き返す。発情はただ定期的に訪れる生理ではなく、相手の気に……想いに引き出されるものなのだと初めて知った。

濃厚な口づけに煽《あお》られ、アイの体はどんどん敏感になってくる。いつもと逆で、アーサーのほうがより興奮してくれているのが嬉しい。

「これは夢……？　ずっと願ってたから、叶ったの……？」

朦朧としながらアイは問いかける。

「夢ではない。現実だ。おまえは今から私に抱かれる。私のものになる」

常にない性急さでアイを横たえたアーサーは、日頃この猛々《たけだけ》しさをどこに隠していたのかと思うほど荒々しく服を取り去っていく。一糸まとわぬ姿にされ、アイは恥じらって反応している部分を隠そうとするが、その手はすぐに払われる。

「見せてくれ、おまえのすべてを。ずっと見たかった」

「見ても、よかったのに」

「そうしたら、その場で我慢ができなくなっていただろうな。おまえに想いを伝える前に、抱いてしまっていた」

アーサーはアイの両手首を押さえたまま、熱い視線を全身に注ぐ。見られているのを意識するだけで中心は勃《た》ち上がり、秘所は潤ってきて、アイはいたたまれなくなる。オメガが感じ潤っていることは、その香りでアルファにはわかってしまう。

「おまえは……どこもかしこも本当に繊細で愛らしいな」

思ったことを率直に口にするのはアーサーのいいところだが、こういうときは困る。アイは真っ赤になりながら「そういうこと、言わないで」と小さな声で抗議するが、彼には通じない。

「言わせろ。これまで言えずにいたことをすべて伝えたいのだ」

火がつきそうなほど熱い手が手首から離れ、アイの体に触れていく。首筋から背中へ、胸へと彼の色をつけるように丹念に、ゆっくりと。

どうしようもないほど欲しているのが伝わってくるのに、すぐに体をつなげようとせず、アイのすべてを丁寧に味わい尽くそうとしているかのようだ。

「あ、やだ、そこ……っ」

前に回った手が胸の先端にたどりつき、すでに色づき硬くなっているそこをまさぐり、弾《はじ》いてきた。これまでもその部分を弄られたことはあり、それがどんなに甘い疼きを全身にもたらすかをアイはアーサーに教えられていた。

「おまえの体はすべて美しいが、ここは特に愛らしい」

片方を指先で弄られながら、もう片方を口に含まれ舌で転がされて、アイはそれだけで甘い声を上げ呆気《あっけ》なく達してしまった。これまでの発情の時の数倍の快感の波が襲い、意識が飛びそうになる。

いつもなら達した後、アーサーは優しく抱いて眠らせてくれるのだが、今日はそうさせてもらえそうもなかった。

アイの気に反応したのだろう。もう抑える必要のなくなったアルファの気が一気に放たれ、遂情《すいじょう》したばかりのアイの快感をまた刺激する。

アイが濃厚な蜜《みつ》を吐いたことで、アーサーも官能を揺さぶられたようだ。かっちりとした軍服を荒々しく脱ぎ捨てていくその様子は、普段の隙《すき》なくきちんとしている彼からは想像もつかない。

陶酔しぼうっとしているアイの目に、鍛え上げられた美しい肉体が映る。瓦礫撤去などの労働の後、上衣を脱ぎ水浴びをする彼の姿を見たことはあるが、そのときは綺麗《きれい》だなと思っただけだった。

しかし今目の当たりにしているアーサーの肉体は、美しくそして官能的だ。体中についた傷跡は、彼のそれまでの平坦ではなかった道のりを窺《うかが》わせ愛おしくなってくる。幼い頃矢を受けた傷、シルラにつけられた傷、すべてに触れて癒してあげたいと思う。

視線を下ろすと猛る雄蕊《おしべ》がそそり立ち、アイを欲しがってくれている。彼を受け入れる蜜口がさらに潤いを帯びたのがわかった。

「アイ、怖いか？」

アイがゾクリと体を震わせたのを、違う意味に取ったのだろう。アーサーが宥《なだ》めるように頬に手を当ててくる。その手にアイは自分の手を重ね、首を振った。

「怖くない。嬉しい。アーサーさんのこと、大好きだから」

重いと思われるのが怖くて、はっきりと気持ちを伝えたことがなかった。けれど、今は言いたい。契りを結ぶ前に、自分の想いを受け入れてほしい。

「アーサーさんがつがいだったらって、初めて会ったときから思ってた。勝手に夢見てた。でも、アーサーさんは違うんだ、きっといなくなるんだって……ずっと、ついさっきまで……本当は、すごく不安だったよ」

涙がまたひと筋、アイの頬を伝う。

「また独りになるんだって、思った。シルラたちにはそれぞれの家族ができたけど、僕には、できないのかもしれないって。だって、あなた以上に好きになれる人なんて、この先現れるはずがないから」

アイの告白を聞いていたアーサーの顔が、一瞬苦しげに歪んだ。

「おまえにそんな想いをさせていたとは……アイ、許してくれ。もう二度と不安にはさせない」

両膝《りょうひざ》に手をかけられ大きく割り開かれて、アイは「あっ」と小さく声を上げる。秘口をあらわにされ、熱い視線を注がれるのも初めてだ。そこはすでにたっぷりと蜜をこぼし、アーサーを受け入れる準備が整っているだろう。

「おまえのここに私自身を沈めたらどうなるだろうと、いつも想像していた。不届きなことだと不埒《ふらち》な考えを追い出し、欲望に負けぬよう己を戒めていたが、間違っていたな」

アーサーの指がいつものようにその部分に触れ、敏感な中に入りこんでくる。内側をぐるりとなぞられ、甘い疼きにアイは背筋を震わせる。

「アーサーさ……それ、やっ……」

「もっと早くつながるべきだった。それが私たちにとって自然なことだったのだから」

中をまさぐっていた指が引き抜かれ、彼の欲情を直接押し当てられる。熱い。

彼と一つになりたい、約束したいという想いが高まり、アイは自ら腰を揺らしてアーサーを受け入れようとする。早く入ってきてほしいと体と瞳で訴える。

「アイっ！」

それに応《こた》え、アーサーが一気に腰を進めてきた。

「やぁっ……あぁぁっ！」

しとどに潤った蜜口が、熱情をどんどん呑みこんでいく。初めからその空洞は彼を受け入れるためにあったのだとでもいうように、アイの中は素直にアーサーの形に変わる。

「アイ……っ、おまえが、愛しい……っ」

最奥まで己を沈め、一度動きを止めたアーサーが、アイの瞳を見つめ熱く囁《ささや》く。飾り気のない真実の言葉に胸が震えて、アイはただ何度も頷いた。

「私の大切な、たった一人のつがいだ……っ」

深く貫かれた体勢のままいきなり体を反転させられ、アイは思わず声を上げた。つながった部分から強い刺激が背筋を駆け上がる。

アイを伏せさせたアーサーは背後から抱くような形で、彼自身を激しく抜き差ししはじめる。中をこすられるたびに甘い熱が駆け巡り、アイは濡れた声を上げ続ける。

これまでなかったような深い快感に、ひたすら翻弄《ほんろう》されてしまう。まず気持ちがあって、想いを伝え合ってからの行為は、単なる欲望の解消ではないのだと知る。

これは誓いの儀式だ。天に祝福された神聖なものに違いない。

アイを貫きながら、前に回ったアーサーの手が、硬さを持ちはじめたアイのものを包み

こみ、こすり出す。気持ちがよすぎて息も絶え絶えになるアイは、ただアーサーの名を呼び、好きと繰り返すばかりだ。

「あ……っ」

うなじに唇が押し当てられるのを感じ、心臓が高鳴った。

「私のものだ」

軽い痛みに、噛まれたのだとわかった。

（アーサーさんの、ものに……）

痛みのもたらす快感とともに、心いっぱいに響くような感動に包まれながら、アイは再び極める。体の奥の彼自身も同時に弾けるのを感じ、深い喜びに満たされ宙に浮くような感覚になる。

「アーサー、さん……っ、嬉しい……」

嬉しい、嬉しいよ、と繰り返しながら涙をこぼすアイの頬を、愛する人の指が優しく拭ってくれる。

もう、独りではない。大切な人が隣にいる。つがいとなり、家族となって、ずっと一緒にいてくれるのだ。

アーサーは陶酔状態のアイの体をまた裏返し仰向けにすると、正面からしっかりと抱き締めてくれる。唇をふさがれると、体の中に埋められたままの欲情が再び熱を持ちはじめるのを感じた。

「アイ……足りない。もっと、おまえを感じさせてくれっ」

切羽詰まったような囁きが耳朶《じだ》をくすぐり、アーサーがまた動きはじめる。

「あっ、ああっ……駄目……っ！」

まだ快感の余韻が抜け切らないうちに、新たな波にさらわれていく。アイは愛しい人の背に手を回しすがりつきながら、甘すぎる官能に身を任せていた。


瞼《まぶた》の裏が明るくなってきたのを感じて、アイは目を開けた。窓から斜めにやわらかな日が差しこんでいる。

(朝……？)

なんだかすごく嬉しい夢を見ていた気がする。そう、アーサーに愛を告白され、体をつなげて……。

急に頬が火照ってきて、アイはあわてて隣を見た。

「あ……っ」

「起きたか」

アイ同様一糸まとわぬ姿のままの大好きな人が、優しい眼差しを向けてくる。

「わっ……」

反射的に上掛けを鼻の上まで引っ張り上げる。顔を見られるのが恥ずかしい。

(ゆ、夢、じゃなかったっ!)

昨夜《ゆうべ》はアーサーに求められ、繰り返し体をつなげ、ともに絶頂を極めた。何度交わっても足りないくらい彼が欲しくて、それは彼のほうも同じだったようだ。

絶えることのない快感に溺《おぼ》れ、最後のほうは自分がどんな様子だったかまったく覚えていない。いつもの発情のとき以上に乱れてしまったのは間違いなく、いたたまれない気分になる。

「あ、あの……おはよう……」

額まで真っ赤にしながらそっとアーサーを窺うと、クスッと笑われてキュンとなった。

「気持ちはわかる。なんとも気恥ずかしいものだな、初夜明けというのは」

見たことのない表情で気まずげに笑い、アーサーは軽く額にキスしてくれる。

(こ、こんなことまでしてくれる人だったなんて……っ)

嬉しさと照れくささで、朝から胸がドキドキしはじめる。そして、本当にこの人とつながいになったんだという実感がじんわりと湧いてきて、また瞳が熱くなってきた。

「なんだ、また泣くのか？　昨夜あれほど泣いたのだから、もう涙は出ないかと思ったぞ」

「だ、だって、嬉しくて……」

アーサーは目を細めアイを愛しげに見つめると、上掛けをめくり顔を出させ、唇を軽く触れ合わせた。

「このくらいで止めておいたほうがいいな。また火がついてしまうと起きられなくなる」

「ア、アーサーさんっ」

恥ずかしすぎることを言われて軽く睨むが、相手は大真面目なようだ。

「おまえは今日はゆっくりしていろ。やるべきことはすべて私が片づける」

優しく髪を梳かれほわんとしつつ、甘えてばかりいられないことはアイもわかっている。

昨日はあまりにもいろいろなことがありすぎて、落ち着いて考える時間がなかったが、つがいになったからといって自分とアーサーの立場が変わるわけではない。二人にはそれぞれの為すべき務めがある。

「でも、アーサーさんは軍に戻らないと……」

アイは思い切ってアーサーの顔を見た。

「今、大変なんだよね？　アーサーさんのこと、皆さん待ってるんじゃ……」

「おまえは心配しなくていい」

アーサーは穏やかな瞳で言い切った。今はもうその目から熱情は消え、普段の冷静さが戻っているが、アイを包みこむ気はとても優しく慈しみに満ちている。

「今のところはまだ、敵軍に動きはない。私はシルラの里との交渉任務を最優先にするよう命を受けているし、本軍にはオーガ将軍殿がおられる。問題ない」

「ほ、本当……？」

「今大事なのは民の救援の継続だ。まずは国境警備軍に協力を仰ぎ、村々に物資を運ぼうと思っている。やるべきことは山積みだ。シルラの神子のつがいとなったのだから、これまで以上に忙しくなるな」

アーサーは微笑むと、まだ不安げなアイの髪をくしゃくしゃとかきまぜる。

「戦がなくなれば、私が軍に留《とど》まる必要もなくなるだろう。それまではたびたび本軍に戻らねばならぬこともあるだろうが、信じていてくれ。私の帰る場所はここだけだ」

「アーサーさん……もう大丈夫。信じられるから」

またにじんできてしまった涙を拭って、アイも笑った。

大丈夫だ。二度と疑ったりしない。彼とアイの絆《きずな》は今しっかりと結ばれ、たとえ何があっても解けることはない。

「アイ……」

目を閉じると、再び唇が触れ合った。次第に深く重なりその手が体に触れてきて、アイはあわてる。

「アーサーさん、待って。もうかなり日が高いよ。シルラにご飯をあげなくちゃ」

「ああ、そうだな。どうもおまえといると我を忘れてしまう。続きは日が落ちてからだ」

とんでもないことを大真面目に言ってアイを真っ赤にさせてから、アーサーは起き上がる。

「おまえは寝ていろ。私がやってくる」

「大丈夫。僕も行く」

ちょっと気だるくてつながった部分がジンジンしていたが、それは嬉しい名残だ。むしろ身も心も満たされて、元気が湧いている感じだ。

二人して服を着終えると、シルラ小屋に向かうべく戸を開けた。

「えっ……」

アイは目を瞠《みは》った。

シルラたちが家の前に全員揃っている。エドとルゥ、その子どもたちを前に、ほかの四組の家族がきちんと両脚をそろえて座っている。ご飯の催促というわけではないようだ。やんちゃ盛りで少しの間もじっとしていない子シルラたちまでもがかしこまって二人を見上げている様子に、アイはアーサーと顔を見合わせる。

「みんな……」

エドとルゥがまず腰を上げアーサーに近づくと、その足先に鼻先をつけた。続いてその子どもたち。ほかのシルラたちも次々とアーサーに頭《こうべ》を垂れる。まるで、厳かな儀式のように。

「みんなが、アーサーさんを僕のつがいだって認めてくれたんだ」

目を見開き、シルラの礼を受けているアーサーに、アイが告げる。

「これからはアーサーさんも、みんなの家族だよ」

アーサーの驚きの表情が、次第に微笑に変わる。

「家族、か……」

そうつぶやいた声は、深く胸に沁《し》みいるような響きを持っていた。

アイだけではない。彼も、これまでずっと独りだったのだ。

「急にたくさん増えて、責任を感じるな。だが、悪くない」

幼い頃に両親と死に別れた二人が、たくさんのシルラとともに、今家族になった。

嬉しさを隠せない表情でシルラの頭を撫でているアーサーを見ながら、アイは心から思う。この人を幸せにしよう。せめて一緒にいるときは、いつも穏やかな笑顔でいさせてあげよう、と。

＊

シルラは本当に成長が早い。生後半年足らずなのに体の大きさは親に近づき、無邪気な瞳は思慮深さを湛《たた》えはじめている。それでもまだやんちゃなところは残っていて、遊びたくなると大騒ぎだ。

子シルラたちの玉投げや追いかけっこにつき合って、アイは今日も大忙しだった。シルラを健やかに育て上げるのも、神子の大切な務めだ。

「ほら！　取っておいで！」

ポンと球を投げると、くわえてトトトと戻ってくるシルラは本当に可愛らしい。

「よしよし、いい子だね」

ミャアミャアと鳴くシルラが今度は追いかけっこをせがんでいるのはわかったが、アイはもともと体力がないのですぐにへたばってしまう。

「ごめんね。アーサーさんが帰ってきたら、遊んでもらえるか聞いてみようね」

頭を撫でて宥めながら、昨日から留守にしている愛しいつがいを思う。

アーサーと契りを交わして早二ヶ月、こんなに幸せでいいのかと不安になるほど満ち足りた日々を送っている。

アーサーは優しい。もちろん以前から優しかったが、つがいとなってからは優しさがわかりやすくなった。

アイの心と体を過保護なくらい気遣ってくれ、愛情を出し惜しみしない。髪を撫でる、肩を抱く、軽く口づけるなどのスキンシップもためらわず、アイのほうが照れてしまうほどだ。子シルラに構いすぎだ、私の相手もしろ、などとやきもちをやく姿を見たら、軍の人はびっくりするだろうなと思っておかしくなる。

（アーサーさんって本当は、ああいう人だったんだよね）

出かける前の夜、抱き締めて離してくれなかった熱い腕を思い出し、アイはぽうっと頬を赤らめる。

すごく愛されている。毎日嬉しい。けれど、このままこうしていていいのかな、とも思ってしまっている。

（僕にももっと、何かできることないかな……）

アーサーは、アイの村々を訪問する癒しの活動の補佐に加えて、村に物資を運ぶボランティアの救援隊も指揮している。もちろん、軍に戻っての務めもこなし、シルラの里の役割を伝えるため軍内部での啓発にも力を尽くしてくれているようだ。

アイは表に出ないほうがいい。シルラの里はこれまで通り人目を避け、すべての交渉事は自分がやる、とアーサーは言ってくれている。アイとシルラを守ってくれようとしているのだ。

確かにアイは八歳から独りで生きてきて、外の世界と言えば近隣の村しか知らない世間知らずだ。けれど、いつまでもそんなことを言っていられない事態に最近はなっている。シルラの神子として、もっと何かしなければならないことがあるのではないか。

シルラを育て、増やすのは何より大切な仕事だけれど、アイにはもっと多くの人にシルラのことを知ってほしいという気持ちがある。アーサーのシルラに対する認識が変わったように、軍の人や国王陛下にもわかってほしいのだ。そのために天は、軍人のアーサーをアイのつがいに選んでくれたような気がして……。

「アーサーさんに、相談してみようかな。ね？」

子シルラがミャアミャアと応える。応援してもらえた気がして嬉しくなった。

ウニャッと子どもたちが一斉に同じほうを向き、パタパタと駆けていく。家族が帰ってきたようだ。アイも子らを追いかけていくと、森のほうから馬を駆ってくるアーサーが軽く手を上げた。アイも手を振り返す。

「おかえりなさい、アーサーさん」

つがいとなってからは不安はなくなったとはいえ、こうして無事な姿を見るとやはり安心する。

「ああ。留守中変わりはなかったか？」

ヒラリと馬から降り、足にまとわりつく子シルラたちを撫でてやってから、アーサーは手を伸ばしアイを抱き寄せた。

「大丈夫。何もな……あっ」

全部言い切らないうちに唇に軽くキスをされ、アイは真っ赤になる。契ってからの彼の愛情表現は常にストレートだ。

「み、みんな見てるよ」

「問題ない。皆慣れている」

エドとルゥを見ると、確かにどこか呆れ顔でそっぽを向いている。

「おまえに土産《みやげ》があるぞ。ほら」

差し出された布袋を受け取り中を見て、アイの口元はほころんだ。

「あっ、黄柑《おうかん》！　いい香り！」

それは爽《さわ》やかな酸味と甘みがほどよい、瑞々《みずみず》しい果物だった。田舎ではなかなか手に入らない稀少《きしょう》なもので、アイもめったに口にできない。

「最近食欲がないと言っていただろう。それなら食べられるかと思ってな」

アーサーが心配そうにアイの頬を撫でる。

「うん、これなら食べられそう。アーサーさんありがとう！」

満面の笑みにアーサーも安堵してくれたようだ。

このところ、アイはやや不調を抱えていた。といっても、胸がむかむかして食が進まないことがあるという程度なのだが、アーサーは過剰に気遣ってくれる。今回も軍に戻るよう命令が出ているのを拒否して里にいると言い出したので、アイが大丈夫だからと説得して送り出したのだ。ゾルディア国軍にどうやら動きがあったらしいのを、アイも耳にしていたからだ。

「それで、どうだった？　あちらの国のほう……」

遊んでほしい子どもたちに後でと言い聞かせ、ともに家に戻りひと息ついてからアイは尋ねた。アーサーの表情がやや険しくなる。

「ああ、密偵の報告によると、どうやらゾルディア国王の病がさらに悪化したようだ」

その苦い顔から、それが決してよい兆候でないことが伝わる。

「王の命のあるうちにと、近々本格的に攻めてくる可能性もある。シルヴェリアを支配下に治めるのが王の悲願だからな」

「いよいよ、始まるの？」

問う声が震える。戦になったらアーサーは最前線で戦うことになる。

「まだわからない。とりあえずそれに備えて、本軍は今セバム平原に陣を張っている。いつ敵が動いても、すぐに対応できる距離だ」

つまり、事態はそこまで切迫しているということでもある。セバム平原は国境にかなり近い。

「アイ、すまないが、私もしばらくはその陣に詰めることになるかもしれない。副将としての務めがある」

「わかってるよ。里のことは心配しないで。アーサーさんは軍のお務めをがんばって」

アーサーは目を細めアイの髪を梳いてから、再び硬い表情に戻った。

「三日後には国王陛下も、オーガ将軍殿とともに本軍に合流される。その際には本軍の全兵士が陛下を迎え、お言葉をいただく。アイ、私はそこで帰軍報告するとともに、この里とシルラのことを直接申し上げようと思う」

「国王陛下に……」

　アイは緊張にぎゅっと拳を握る。

「軍ではまだシルラを戦闘に使うべきだという意見が優勢だ。私はシルラたちのこれまでの働きと、里の中立の必要性を訴える。シルラを戦闘に参加させることには断固反対するつもりだ」

「アーサーさん……そんなことをしてアーサーさんの立場が悪くなったりしない？　陛下や将軍様のご不興を買うのでは……」

「将軍殿はともかく、陛下は偏見や先入観なく話を聞かれる公平なお方だ。きっと理解してくださるだろう。おまえは何も心配せず、これまで通りシルラの世話をしながら私の帰りを待っていてくれ」

「ねぇアーサーさん、僕も一緒に、連れていってもらえないかな」

　思わず口にしていた。アーサーが目を見開く。

「シルラの神子として、僕からちゃんと皆さんにお話ししたいんだ。実は最近、思ってた。アーサーさんにばかりがんばってもらうんじゃなくて、僕もがんばりたいって」

　アーサーはわかりやすく眉を寄せる。賛成し難いようだ。

「おまえはもう十分がんばっているし、おまえの務めはシルラとこの里を守ることだろう。

上層部との交渉は私に任せておけ。天が私をおまえのつがいに定めたのは、その役目を担わせるためもあるのだろうと私は思っている」

「ありがとう。でもね、アーサーさんからよりも、神子である僕が里から出ていって話すほうが、皆さんも耳を傾けてくれるんじゃないかと思う。シルラのことだけじゃなく、戦争はみんなを不幸にするっていうことも、ちゃんと訴えたい。つらい思いをしてる村の人たちの代表者として、僕が行きたいんだ」

話しながら自分の決意がしっかりと定まっていくのを、アイは感じていた。

大好きな人に愛される甘く幸せな日々の中で、ずっと考えていた。自分のすべきことはなんだろうと。

シルラたちを守り、村の人を癒していく務めはもちろん大切だ。けれど、それだけでは情勢は変わっていかない。国の上層部の考えが変わらなければ、戦争はなくならないのだ。

人の心を動かすのが不可能ではないことは、アーサーが教えてくれた。

(母さんもきっと、賛成してくれるよね)

神子としての誇りを持ち続け、いつも毅然としていた母を思い出す。母はきっと、今のアイの決断を応援してくれる。

「アイ、軍の中には神子やシルラに偏見を持っている者もいる。そういった者たちの興味本位の視線や心ない言葉に、純真なおまえはきっと傷つく。私はおまえを悪意にさらしたくない」

アーサーの思いやりが胸に沁み、アイは微笑んだ。

「大丈夫。アーサーさん、僕ね、すごく強くなったんだ。それって、アーサーさんのおかげなんだよ」

愛すること、そして愛されることは人に自信をつけさせる。守りたいものが増えるごとに、人は強くなれるのだ。

「どんなつらい思いをしても、僕にはアーサーさんがいる。今はそう信じられるから、怖いものがなくなったんだ。アーサーさんが隣で見ていてくれれば、僕はこれからもっとがんばれる。だから、どうか一緒に行かせて」

お願い、と両手を合わせ見上げるが、アーサーはなかなか首肯してくれない。

「それは、私とて同じだ。おまえがいるからたとえ一人になろうと戦える。おまえの気持ちもわかるし、頼もしくも思う。しかしおまえ、体調は大丈夫なのか？」

「そっち？　心配しすぎだよ、ちょっと食欲がないくらいで。そんなに気になるなら、なおさら僕を連れていったほうがいいよ。離れていると気になるでしょ？」

「確かに。無事でいるかと気になりすぎて、仕事が手につかなくなるな」

二人は顔を見合わせて笑う。いつ何が起きるかわからないときだからこそ、できるだけそばにいたい。その思いを確認し合う。

「しかし、そんなことを考えていたとは……おまえは頼もしい神子になったな。わかった、ともに行こう。安心しろ。何があろうと、おまえのことは私が必ず守る」

「うん、ありがとう。お願いします」

差し出された手をしっかりと握る。つがいとして、そして平和な世を作り上げていく同志として交わされる握手にまた心を強くされ、アイはアーサーの目を見てしっかりと頷いた。

＊

セバム平原の軍の陣には巨大な天幕が張られ、その下に武装した兵士たちが一分の乱れもなく整列していた。ずらりと並んだ兵の列の先は一段高くなっている。その中央に、夜空のような紺色のマントを身に着けた金色の髪の若者が見える。おそらく、シルヴェリア国王コーネリア四世その人だ。

その隣には天をつくほどの巨体で、顔全体を髭《ひげ》で覆われた強面《こわもて》の軍人が控えている。シルヴェリアの英雄オーガ将軍だ。それに並んで上段に控える高貴な服装の年配者たちは、国の重臣たちだろう。

　アーサーに連れられ天幕の外から中を窺い、アイは緊張に体が強張るのを感じていた。ちょうど王からの訓示が終わったところで、天幕の中はどこか緊迫した雰囲気だ。アイは帰軍したアーサーと、これからこのただ中に入っていこうとしている。

　今日のアイはいつもの質素な農民服ではない。母が祭事のときに着ていた、青色の薄いローブを身に着けている。それはアイの銀色の髪によく合って、持ち前の純真さに神々しさを加えている。着て見せたとき、アーサーが言葉を失いしばし見惚《みと》れたほど、その服はアイによく似合っていた。

　そしてアイの後ろには、心強い二頭の従者が今日もつき従っている。

　エドとルゥを同行させることには、アイもアーサーも消極的だった。シルラを危険だと見なしている人たちの中に連れていったら、相対する人間の気持ちをまともに受け取ってしまう彼らにとっては相当な負担になりかねない。

　けれど出発の日、エドとルゥは二人にぴったりと寄り添い離れようとしなかった。彼らは主人たちの決意を知り、ともに行くことを選んだのだ。

　ほかのシルラたちはエメリ村に預けてきた。温かい手で背を押してくれる村人たちに送り出され、隠れ里から出たアイはついにここまでやってきた。

「アイ、本当に大丈夫か？」

心配そうに見つめてくるアーサーも、今日は正装だ。初めて見るその凜々しい姿に眩《まぶ》しげに目を細めながら、アイは笑顔で頷く。

「大丈夫。アーサーさんが一緒だから」

アーサーも笑んで頷き返し、ポンと背を叩《たた》いてくれた。

「行くぞ」

エドとルゥを振り向く。二頭とも澄んだ瞳でアイを見上げている。大丈夫だと言っている。

誰かの激しい敵意を向けられたら、彼らも攻撃性を帯び変貌《へんぼう》する可能性がある。そうしたら、シルラを連れてきたことが裏目に出てしまうかもしれない。そのときは自分が盾になってでもシルラを止めようと、アイは決めている。シルラたちには誰も傷つけさせない。そして、誰にも彼らを傷つけさせない。

アーサーが天幕の入口をくぐり足を踏み入れると、ざわっとした声が兵士たちから漏れ、中の雰囲気が肌でわかるほど変わった。耳の利くアイが人々の囁きを拾う。

――スタイロン副将殿だ！

――副将殿がやっと戻られた！

全体を覆っていた重い雲が一気に払われ、光が差したようなその変化にアイは驚く。皆希望に輝く目を、正面壇に向かって中央通路を堂々と進む彼に向けている。

アーサーがすごい人らしいというのは、国境警備軍の駐屯地を訪ねたときの兵士の反応で想像がついていたのだが、これほどの人望を集めているとは思わなかった。誇らしく思うと同時に、そんな軍にとって大切な人をこれまで独り占めしていたことに、申し訳なさを感じてしまう。

アイがついてこないことに気づいたのだろう。アーサーが足を止め振り向いた。アイは大丈夫と頷き、思い切って天幕の入口をくぐった。

空気がまた一変し、今度は戸惑いのざわめきが大きくなる。

――誰だ、副将殿が連れてこられたのは？

――シルラ……シルラだ！

――ではあの者は、シルラの神子っ？

――まさか。あれがか？

アイは唇を嚙み、俯《うつむ》きがちにアーサーの後に続く。八方からの視線が刺さってくるようだ。皆猛獣シルラを総べる神子が、自分たちより年下の頼りなげな姿であることに驚いているのだろう。

幸いなのは、シルラたちに対して強い敵意を向けてくる者がいないことだ。むしろ怯えている。エドとルゥもそれに反応し、硬い警戒の表情でアイにつき従っている。

正面壇上が近くなってくると、何か話し合っていた国王はじめ将軍や重臣たちの目がアイたちに向けられた。

――スタイロン殿が戻られたか！

――待ちかねたが、よもやシルラと神子を連れてくるとは……。

――あれが神子か？　なんと、まだ少年のようではないか。

年配の臣下たちの露骨な声とぶしつけな視線も届いてきて、アイはぎゅっと硬く拳を握る。アイとシルラたちに対して友好的な視線は、中にはあるのかもしれないが、ほとんど感じられない。ここに味方はいないと思ったほうがいい。

アーサーが足を止め、軍隊式の礼をした。促されたアイはその隣に進み、深く頭を下げる。

「国王陛下、オーガ将軍殿、アーサー・スタイロン、シルラの里よりただいま帰還いたしました」

毅然《きぜん》と挨拶《あいさつ》をするアーサーの声には、まったく緊張している様子はない。こういった場

に慣れているのだろう。

「スタイロン副将、任務ご苦労様でした。どうぞ頭を上げてください。そちらの方も」

国王の声は落ち着きがあって耳心地がいい。そろそろと顔を上げたアイは、王の青色の瞳と目が合って息を呑んだ。

（なんて綺麗な方なんだろう……！）

艶《つや》やかな長い金髪と真っ白い絹のような肌を持つコーネリア王は、気品のある輝くばかりの美貌の持ち主だった。雰囲気がどことなく母に似ており、なんだか懐かしいような気持ちが湧き上がってくる。

ぼうっと見惚れていたアイは王にニコッと微笑みかけられて、あわててまた視線を伏せた。

「アーサー、そちらの方は、もしやシルラの神子様でしょうか？」

「はい、陛下。本人の拝謁したいという希望により、連れてまいりました。神子、ご挨拶を」

「シルラの神子、アイと申します。国王陛下、皆様、お目にかかれて光栄です」

アイはガチガチに緊張しながら、もう一度頭を下げる。ここにいる人間のすべてが今自分に注目していると思うと、足がすくむような感じがしてくる。

そっと隣を見た。アーサーが微かに頷いてくれて、体の震えが止まった。

「スタイロン副将！　シルラと神子殿をお連れしたということは、里は我らに協力してくれるというわけだな？」

よくやった、と大きな口を開けて笑うのはオーガ将軍だ。声も太く笑い声も豪快で、天幕が震えるほどの迫力がある。

「交渉が長引いているようだったので、心配しておったのだぞ。そなたが留守の間に敵に攻め入られては厳しいゆえ危ぶんでいたのだが、こうして神子殿とシルラを味方につけてきてくれるとは、さすがわが副将だ」

「オーガ将軍殿、申し訳ありません。私は神子とシルラを戦闘に参加させるために連れてきたのではございません。むしろ、シルラの里の活動をお伝えし、その中立を認めていただきたく、ここに報告に参ったのです」

大きなざわめきが起きるとともに、場の空気が一気に緊張する。

「むっ、何を申すか！　なんのために貴様をシルラの里に送ったと思っている！　なぜ急に気が変わったのだ！」

一転して鬼神のような恐ろしい形相になる将軍に周囲が震え上がる気配を感じたが、アーサーはみじんも動じていない。

「気が変わったわけではありません。将軍殿、私は初めから、シルラがどのような存在なのか知る目的で、この任務をお受けしたのです。我々に協力してもらうか否かは、それを見極めた後にと考えておりました」

「貴様の任務は里を探し出し、味方につけることだ。悠長に正体を見定めている時間などないということは、よくわかっていたはずだぞ！」

「オーガ将軍、落ち着いてください。まずはスタイロン副将の話を聞きましょう」

王が穏やかに割って入り、武闘派の将軍は苦虫を噛み潰《つぶ》したような顔で口を閉ざした。

「アーサー、続けなさい」

「恐れ入ります、陛下。運よくシルラの里を発見した私は神子に助けられ、神子やシルラとともに生活しながら様々な現実を目にしました。それは本軍に身を置いているだけでは知り得なかった事実でした」

アーサーは王と将軍だけではなく、そこにいるすべての人に向けて語る。戦が引き起こした村の貧困。誤解されているシルラの姿。アイとシルラの行ってきた活動などを。

皆咳払《せきばら》い一つせずに聞いているが、ほとんどの人に納得する様子がないのは空気でわかる。

「陛下、将軍殿、神子とシルラは貧しい民を救うために今も働いています。それは戦に参加し、敵に脅威を与えるための活動ではありません。今この国に必要なのは、国を支える民一人一人を守ることなのです」

「だから、戦闘にも協力してもらえればなおよいではないかっ」

　オーガ将軍がいら立たしげに遮る。

「神子殿とシルラの活動はわかった。ありがたいことだ。しかし、今は国の一大事。まずは先手を取り敵軍を撃退することが最優先。先の大戦ではシルラ一頭が数百人の兵を軽く駆逐したらしい。シルラのその攻撃力を、我々は今こそ必要としておるのだ！」

　オーガ将軍の地に響くような煽りに、壇上の重臣たちもしきりと頷いている。

――一体アーサー殿はどうされたのだ。

――勇猛果敢なスタイロン副将が怖気《おじけ》づかれたか。

――あの怪しげな神子にたぶらかされておるのではないか？

　漣《さざなみ》のようなざわめきが耳に届いてきて、アイは唇を噛んだ。

「けれど、オーガ将軍」

　怪訝《けげん》そうな声を発したのはなんと国王だ。皆が口を閉じ、一斉に王を見る。将軍はじめ一同の眼差しは畏敬《いけい》に満ち、彼が君主として名ばかりではない尊敬を集めていることが窺える。

王の澄んだ瞳は、まっすぐエドとルゥに向けられている。

「ここにいる誰もがそうでしょうが、私はシルラを見るのは初めてです。とても美しく賢そうで、猛々しさなどまったく感じられません。本当に伝えられているような獰猛《どうもう》な獣なのでしょうか」

「陛下」

「それは」

「シルラはっ」

将軍、アーサー、アイが同時に言葉を発し、三人とも気まずげに黙る。王はフフッと優雅に笑ってから、アイのほうを向いた。

「神子様のお話を伺いたいです」

場は一瞬ざわっとなる。王が自分の腹心の臣下たちよりも、得体の知れないシルラの神子を指名したのに驚いたのだろう。

気遣わしげな目を向けてくるアーサーに、大丈夫だよ、と頷いてから、アイはまっすぐ王を見た。

「恐れながら申し上げます。陛下、シルラがこの世に遣わされたのは、人間を笑顔にするためなのです。戦うためではありません」

再び広がるざわめきを、「静かに」と王が諫《いさ》める。

「神子様、どうぞ続きを」

王の笑みに励まされ、アイは言葉を続ける。

「シルラは人の心を反射する鏡なのです。敵意には敵意を、憎しみには憎しみを返します。シルラを殺そうと襲ってくる人がいたら、シルラもその人を殺そうとします。だから大戦では、たくさんの人やシルラが犠牲になってしまいました」

皆黙ってアイの話に耳を傾けている。やはりシルラは恐ろしい兵器なのだ、と頷いている者もいる。

こんなに大勢の人の前で話すのは、アイはもちろん初めてだ。ましてや目の前には王様はじめ、国の偉い人たちが勢ぞろいしている。八歳で独りになったのでろくな教育も受けていない自分が、うまく言葉を選んで伝えられるかどうか自信がない。

けれど、ここにいるのも皆同じ人間、気持ちは一緒のはずだ。だから、飾らず自分の言葉で伝えればいい。シルラのありのままの姿を。今の自分の想いを。

「それはとても悲しいことでした。人間もシルラも、みんな傷ついたり亡くなったりしてほしくないというのが、天の望む本当の世界の姿なのですから。誰かを憎む気持ちがたくさんの人を不幸にしてしまうということを、天はシルラを使って、私たちに教えてくれようとしたのです」

「神子様、ではシルラは、わがシルヴェリア国を守るために天が特別にくださった獣ではないと？」

王が驚きを隠せない様子で問う。

その場にいる誰もが同じ疑問を抱いたことだろう。シルラをシルヴェリアの守り神のように考えていた者も大勢いるだろうから。

「陛下、私は違うと思っております。人の敵意や憎悪を映さなければ、シルラは癒しに満ちた心優しい獣です。先ほど副将様からお話していただいたように、重い病や怪我《けが》で苦しんでいる人を救います。シルラはきっと、私たちに教えたいのです。周りの人を大切に思い助け合うことで、みんなが笑顔になれることを。それはこの国のことだけではなく、ほかの国の人のことも入れたみんな、ということです」

再び場が騒然となる。オーガ将軍が露骨に顔をしかめる。

「神子殿、何を言っておるのだ！　ゾルディア国とわが国民を同列に考えよというのか？あの国の連中はわが国を下に見て、属国にしようとしておるのだぞ！」

震え上がりそうな怒号にも、アイはもう怯まない。まっすぐに将軍に向かって目を上げる。

「将軍様。シルヴェリア国民もゾルディア国民も、みんな同じ人間です。亡くなれば悲しむ大切な人が、ゾルディア国の人にもいます。僕もシルラも、もうこれ以上戦争で苦しむ人を出したくない……。シルラの里が目指すのは、みんなが笑顔でいられる平和な世界を作ることです。そのことを、今日皆さんに知っていただきたくてまいりました」

アイは体ごと振り返り兵士一同を見渡してから、もう一度前を向く。

「お許しください、陛下。僕は神子として、シルラを戦争に参加させることはできません」

王は戸惑いの見える静かな瞳でアイを見返し、オーガ将軍は不満げに唸《うな》る。一同の当惑が背中に伝わってくる。シルラが本来は癒しの獣だと、初めて知る者も多いのだろう。

「陛下、将軍殿、ゾルディア国王が崩御するまでは、敵国を挑発するような行動は控えるべきかと」

アーサーが口を開く。

「ここはいったん兵を下げ、わが国に異常に執念を燃やしている現国王が亡くなるのを待ち、新国王が即位してから話し合いの場を持つべきかと考えます。今両国が戦闘に入れば多くの犠牲者が出てしまいます。これ以上民が困窮するのを、私は見過ごせません」

「スタイロン副将、一体どうしたというのだ！　ゾルディア国軍との決戦にあれほど意欲的だったそなたが……っ」

「将軍殿、村々を訪れ民と交流して私は気づいたのです。国民が求めているのは勝利ではなく平和だと。そして、人にとってもっとも大切なものとはなんなのかも知りました」

そう言ってアーサーはアイに目を向け、唇をわずかにほころばせた。胸がじんと温まり、瞳が熱くなってくる。この人を愛してよかったと心から思う。

オーガ将軍が先ほどよりも深い唸りを漏らす。動揺が走り重臣たちがうろたえる中にあって、王は誰よりも落ち着いていた。

「スタイロン副将、神子様、あなたたちのお話はわかりました。今後のことについては、壇上にいる者でもう一度話し合いましょう。兵たちはいざというときに備えて体を休めていてください。オーガ将軍、よろしいですね？」

「御意」

「アーサー、あなたも軍議に参加するように。神子様とシルラには部屋を用意させますので、どうぞごゆっくりくつろいでいらしてください」

ねぎらうように優しく微笑みかけられ、アイは恐縮し深く頭を下げた。

アイとシルラが通されたのは、応接用の卓と椅子《いす》、寝台の設置された小さな天幕だった。豪華さのない質素なしつらえが落ち着く。

アイはホッと息をつき、寝台にそっと横たわった。天幕の外には護衛の兵がいるだろうし、行儀が悪いことは承知していたが、体がだるくて起きていられなかったのだ。

きっと過度の緊張が続いたからだろう。朝から万全とは言えなかった体調が、さらに悪くなってきている。心配をかけまいとアーサーの前では元気に振る舞っていたので、多分気づかれてはいないと思うが……。

「エド、ルゥ、僕は大丈夫だからね。それより、おまえたちも今日はお疲れ様」

寝台の脇《わき》に控え、心配そうに見上げてくる二頭の頭を撫でてやる。エドもルゥも本当によくがんばってくれた。置物のように超然としている知的な瞳のシルラたちを見て、恐ろしいと感じた人はいなかっただろう。

（少しでも、伝わってくれていればいいけど……）

アーサーと自分の訴えは、果たしてどれだけの人の心に届いただろうか。すべてにおいて楽観的なアイでも、現実はそう甘くないと感じていた。

アイの話を聞き終えたときの皆の反応は、明らかに納得ではなく当惑だった。シルラという強力な切り札を使って、ゾルディア国軍の侵攻を退け戦闘に勝利する。オーガ将軍をはじめ、多くの兵士がそんな期待を抱いていたのだろうから。シルラの里は協力しない、休戦すべきだと言われても、そんな急に頭の切り替えができないに違いない。

（あそこにいた人たちみんなにも、大切な人がいるはず。ゾルディア国の人たちも同じなのだということを、わかってもらえたら……）

当たり前のことなのに、理解してもらうのはとても難しいことだと思う。アイは深く溜《た》め息《いき》をついた。

――おまえはよくやった。後のことは何も心配しなくていい。

重臣たちとの軍議に赴く前に、アーサーがアイのところにそっと寄ってきて言った。

――あとは私が皆を説得して、なんとか戦闘を止めてくる。安心して待っていてくれ。

――軍議が終わったらともに里に帰ろう。私はこの先も里での務めを続行させてもらえるよう、陛下に願い出るつもりだ。

いい知らせを待っていろ、と微笑み、一瞬髪を撫でて離れていった後ろ姿がよみがえる。

安堵よりも、大丈夫なのだろうか、という不安のほうが大きかった。

アーサーに向けられた兵士たちの憧憬《しょうけい》と信頼の眼差し。彼が口を開くと皆が注目し、耳を傾けた。もしかしたら英雄オーガ将軍よりも、兵士たちに近い位置にいる副将のアーサーのほうが人望を得ているのではないか。

アーサーが自分の任務をおろそかにするような人ではないことは、もちろんアイも知っている。けれど今の彼は、アイとシルラを守るためなら軍での立場を捨ててしまいかねない気がする。抗戦派の人たちの理解を得られなかったら、自ら軍を離れてしまうこともあるのでは……。

彼の想いはとても嬉しい。これからもアーサーが里にいてくれたら心強いし、何よりつがいとしていつも一緒にいたい。

（でも、アーサーさんはあんなに大勢の人に期待されて、求められてる……）

自分が独占していていいのか。ずっと一緒にいてほしいと願うのは、ただのわがままではないのか。

エドとルゥがピクリと耳を動かし、入口のほうを向いた。

「神子様、失礼いたします。国王陛下がお見えです」

「えっ！」

護衛の兵士の声に、アイは弾かれたように起き、寝台から下りた。軽いめまいに一瞬ふらついたが、脚に力を入れて耐える。

入口の幕が上がり、まぎれもないコーネリア王が入ってくる。その優美な姿が現れた瞬間に、質素な天幕が豪華な宮殿の居室に変わったかのような錯覚に囚《とら》われた。

「神子様、お休みのところ突然お邪魔してすみません。……ああ、どうぞお立ちくださ
い」

「こ、国王陛下……！」

あわててその場に膝をついたアイに、王は笑って促す。

「少し、神子様とお話をしたいと思ってまいりました。今、よろしいでしょうか？」

「は、はい、もちろんです！　あの、えっと……っ」

「どうかそんなに緊張なさらず。では、ここにかけて話しましょう。さぁ、どうぞ」

王は先に椅子にかけ、向かいの席をアイに勧め、人払いを、と護衛の兵士に告げた。アイはかしこまって椅子に座る。

王はどうやら従者も連れず、たった一人でここに来たらしい。おそらく何か、人に聞かれたくない話があるのだ。

(どうしよう……シルラの協力を、王様から直接頼まれたりしたら……)

アイは膝の上で拳をぎゅっと握った。

「本当に、そんなに硬くならないで」

見るからにガチガチに固まっているアイに、王のクスクス笑いが届く。恐る恐る目を上げると、美しく高貴な人は親しげに微笑んでくれていてホッとした。

「神子様とは歳も近いので、おしゃべりがしてみたくなったのです。私には兄弟がいませんから、こんな可愛い弟がいたらいいだろうなと思います。あの、アイ様とお呼びしても？」

「お、畏《おそ》れ多いです。アイと、呼び捨てになさってください、陛下」

「それではアイ、私のことも、コーネリアとお呼びください。そのほうが嬉しいので」

「えっ……は、はい、コーネリア様……！」

王はうんうんと頷き満足そうに笑う。

壇上にいたときの彼は近寄りがたく神々しい人というイメージだったが、こうして見るととてもチャーミングだ。母と雰囲気が似ているこの王に、アイもすでに親近感を抱いている。王と神子という立場がなかったら、友のように親しくなれただろうか、などと分不相応な空想までしてしまう。

「それにしても、シルラの神子がこんなに可愛らしい方だったなんて、驚きました。皆、あなたの可憐な美しさに見惚れていましたね」

「ま、まさか、そんなこと……皆さんは、あの、珍しいから見ておられたのでしょう」

「いいえ、副将の後について中央を進んでくるあなたは、清らかな気に包まれて天使のような美しさでしたよ。皆息を呑んでいました。緊張されていて気づかなかったのでは？」

そうだったのだろうか。四方から刺さってくるような視線は、得体の知れないものを訝《いぶか》しむものかと思っていたが。

「アイ、ちょっとお願いがあるのですが……」

王が両手を合わせ、ねだるような目を向けてきた。

「は、はい！　なんなりとおっしゃってください」

「シルラに触れさせていただきたいのです。とても美しく可愛らしくて、神子さまにそっくりですよね。実は壇上にいるときから触りたくてうずうずしておりました」

そう言って首をすくめる王は、まるでどこにでもいる動物好きの青年だ。アイはますます彼が好きになる。

「コーネリア様、もちろんどうぞ。エド、ルゥ、おいで」

素直に王に寄っていったところを見ると、シルラたちも彼に好感を持ったようだ。瞳に警戒の色はなくリラックスしている。それは王の中にシルラに対する恐れがまったくないことの表れで、アイは嬉しくなった。

「わぁ、温かくてふかふかですね。とても気持ちがいい……」

二頭の頭を撫でてやる王の顔はほっこりとしている。

「里には数ヶ月前に産まれた子どものシルラもたくさんいます。コーネリア様にもお見せしたいです」

　小さなシルラたちを想像したのだろう。王は嬉しそうに唇をほころばせた。

「それは素晴らしく可愛いでしょうね！　シルラがこれほどまでに美しく清らかな獣だとは、私はまったく知りませんでした。アイ、今日はあなたに会えて、お話を聞けて本当によかった」

　王の表情が、壇上にいたときの真剣なものに近くなり、アイも居住まいを正す。彼はきっと、シルラに触れたくて来たわけではない。アイに話したいことがあるのだ。

「アイ、あなたのお話は、私をはじめ多くの人の心に響きました。皆シルラの本当の姿を知らなかったのです。憎み殺すのではなく、癒し救うのが役目。それが天命。私もこうしてあなたやシルラの清浄な姿を目の当たりにして、初めて知ることができました」

　王はエドとルゥの頭を撫で、目を細める。

「コーネリア様……」

　アイの胸にじんわりと安堵感が広がる。拙い訴えは、少なくとも王の心には届いたようだ。

「現に先ほどまで開かれていた軍議は、結論が出ずに中断しています。シルラを戦闘に、という意見の者はオーガ将軍を筆頭にまだ多く、アーサーと彼に従うと決めた者たちとでしまっています」

譲り合わず膠着《こうちゃく》している状態なのです。今シルヴェリア国軍は、一枚岩ではなくなって

「っ……！」

王の憂慮に曇った顔を見て、アイの胸はズキリと痛む。

シルヴェリア国軍は王の下団結力が強く、その結束が実際の力を二倍にも三倍にもしているのだと、以前アーサーが誇らしげに言っていた。その結団力が今将軍と副将の意見が真っ向から対立したことで、崩れかけてしまっているというのか。

「アイ、私はあなたにとってつらいお願いをしにまいりました」

王は悲しげに眉を寄せ、まっすぐにアイを見た。

「アーサーから、このまま軍を離れ、シルラの里での活動に引き続き従事したいという申し出がありました。私はその返事を保留し、こうしてあなたのところに来ています。アイ、どうかしばしの間、アーサーを本軍にお返しいただきたいのです」

王ははっきりとそう告げた。胸は痛むがどうしても言わなくてはという意思が、そのつらそうな表情から伝わってくる。

「あなたたちの作ろうとしている世は本当に素晴らしいです。皆が大切な人と笑顔で暮らせる、そんな世界を作ることが王としての私の務めであるとも思っています。けれど、そ

れは一朝一夕にはできないこと。長い時間がかかります」

　理想を現実にする難しさを王子の頃から見てきたのだろう王は、悲痛な口調で語る。

「今、わが国が戦闘しないという決断をして、武装放棄したとしましょう。ゾルディア国はすぐに話し合いに応じてくれ、平和的な休戦となるでしょうか。いいえ、彼らは好機とばかりに攻め入り、シルヴェリアを手中に収めるでしょう。村々は蹂躙《じゅうりん》され、民の安全は脅かされます」

　アーサーの村が全滅させられたことを思う。武器を持った兵士ではない、市井の民が犠牲となった。そういったことは何度も繰り返されてきたし、こちらが白旗を掲げたからといって止むとは限らない。

「コーネリア様、はい。おっしゃること、僕もよくわかります」

　アイは唇を噛み俯く。人の気持ちはそう簡単には変えられない。今圧倒的に有利なゾルディア国が、目の前の宝物からあっさりと手を引くとは考え難い。

「アイ、私は国王として、目の前に迫っている脅威から民を守らなければなりません。ゾルディア国の兵力はわが国の十倍、勝利は望めなくとも、せめて被害を最小限に抑えたいのです。そのためには、軍の力がやはり必要です」

　戦力では劣る。敗戦は見えているが、敵の略奪や暴行から民を守りたいという王の切なる願いが伝わってくる。

「軍は今、二分してしまっています。味方同士で言い争い、どちらに進めばよいのかもわからなくなっています。今ゾルディア国軍に攻め入ってこられたら、わが軍はひとたまりもなく全滅してしまうかもしれません。アイ、あなたにもうおわかりでしょう。アーサー・スタイロン副将は、軍にはなくてはならぬ人なのです」

　アイは深く頷く。

　ここに来るまではわからなかった。アーサーがどれほどたくさんの人に信頼され、期待を寄せられているか。彼ほどの人が半年もシルラの里に留まり、アイを手助けしてくれていた。それは、おそらく許されないことだったのだ。

「オーガ将軍は確かに素晴らしい人です。誰よりも強く勇敢で、皆に尊敬されています。ですが短気で思慮が浅い面や、下の者に対して高圧的なところもあります。それを補うのがスタイロン副将でした。将軍の命に従うことを躊躇する者も、副将が命じればすぐに動きました。アーサーなしでは軍は分解し、国の守りはままならなくなります」

　平和な世を作るべくアイと活動してくれているアーサー。そのために、皆を説得しようと今がんばってくれている。けれどそれには時間がかかる。敵が攻めてくるのは今日、明日のことかもしれない。

国境付近の村の人たちの顔が、次々と脳裏に浮かんでくる。

（今、軍の守りがなくなったら、村の人たちは……）

「シルラの里への不可侵は、私が保証します。シルラに協力させるべきだと主張している者たちには、私から話をします。今後も里の中立が守られるよう厳命し、あなたの活動を国が支援しましょう。その代わり、アーサーを本軍に戻してはいただけないでしょうか。今は、国を守るために」

この通りです、と頭を下げられ、アイはうろたえる。一国の王が悲痛な胸の内を明かし、得体の知れないシルラの神子に真摯に頼んでいる。それほど事態は切迫しているということなのだ。

（アーサーさん……やっぱり僕たち、ずっと一緒にはいられないよ……）

アイは心の中でアーサーに語りかけた。

本軍の副将と、シルラの神子。立場も使命も違う二人は、それぞれたくさんの人の期待を背負っている。託された希望を、自分の幸せのために振り捨てることはできない。

ともに里に帰ろう、と微笑んでくれた人の面影が一瞬よぎり、胸にチクリと痛みをもたらした。それを振り切り、しっかりと顔を上げる。

「コーネリア様、お顔をお上げください。お話よくわかりました。僕も、アーサーさん……スタイロン副将様に、このまま軍に残っていただきたいと思います」

アイは迷わずに言った。王は驚きに目を見開く。

「えっ、よろしいのですか？　本当に？」

「はい。僕もこちらに伺って、アーサーさんが皆さんにとって大切な方だということ、知ることができてよかったです。これまで長い間シルラの里で副将様をお借りしてしまって……本当に申し訳ありませんでした」

いつだって隣にいられた、夢のように幸せな日々が頭の中を流れかけ瞳が熱くなったが、アイは堪えて笑顔を君主に向ける。

「あの、コーネリア様から、アーサーさんにお伝えいただけますでしょうか。アイはお会いせずに里へ帰ります、と。今はこの国の人たちを守るために、軍のお務めをがんばってください、僕とシルラも自分たちのできるところで村の皆さんをお守りしますから、と。戦がなくなって平和な世になったら、またお会いしましょう、と」

「アイ、それはあなたの口から直接伝えたほうが……」

「いいえ。会うと名残惜しくなってしまいますので、コーネリア様からのほうがいいと思います。アーサーさんは陛下のことをとても尊敬し、崇拝していますから」

アイから言っても聞いてくれないかもしれないが、王の口を通してならきっと受け入れてくれるだろう。そして言葉にはしなかったアイの想いも、必ず彼はわかってくれる。

互いの立場が違うのだから、期待されている場所でそれぞれの務めを果たそうということ。たとえ離れていても、アイと彼は同じほうを向いているということ。そして願いが叶った日には、また必ず会えるのだということ。

たとえそれがどれだけ先になろうとも、アイは信じて待っていることも。

きっと、コーネリア王はちゃんと伝えてくれる。彼の目を見ればわかる。アーサーと離れることに対するアイの身を切られるような痛みに、この王は気づいてくれている。だからこうしてアイに直接会いに来て、頭を下げてまでくれたのだ。

「アイ……ありがとう。心から、感謝します」

王はこの上なく優しい瞳をアイに向けてきた。

「あなたとアーサーは、つがいになったのですね」

しみじみと言われ、アイはあわてた。

「えっ、あ、あのっ……もしかしてあの、アーサーさんが……っ？」

その焦りぶりに王はクスッと笑う。

「いいえ、アーサーにはまだ確かめていません。ただ、見ていればわかります。アーサーが深くあなたを愛していることは」

「コ、コーネリア様……どうかお許しくださいっ」

「何を謝るのです。私はあなたに感謝したいのですよ、アイ」

「感謝……？」

身をすくめたアイは、下げた頭をそろそろと上げる。王の瞳には嬉しさと、同時に微かな寂しさが見えた。

「アーサーは溶けない氷のように冷徹な心を持っていました。軍人としてはすべてにおいて完璧でしたが、ときに感情がないようにも見えて心配しておりました。それが今日の彼を見て、ああ、これが本当のアーサー・スタイロンだったのだと、私は安堵したのです。軍の規律を生真面目に守ってきた彼が、自分の意思で考え、行動しようとしている。アーサーの凍った心を溶かし、人に戻してくれたのは、アイ、あなたなのですね」

「コーネリア様……」

もしかしてこの人は、アーサーに想いを寄せていたのではないか。その表情を見ていてふと思った。アイと出会わなければ、アーサーは王のつがいとなっていたのではないだろうか。

「アイ、そんな顔をしないで。ええ、お察しの通り、私は彼を慕っておりました。オメガの王である私はアルファのつがいを自由に選び、跡継ぎを作ることができます。アーサーがそうなってくれたら、と願ったこともありましたが……互いに天が定めてくださった相手ではなかったようです」

「あ、あの、そのこと……コーネリア様のお気持ちを、アーサーさんは……」

「まったく。これっぽっちも気づいてくれてはいなかったようですよ。これでも結構がんばって、ほのめかしたりしてみたのですけれど」

「えっと……ごめんなさい、想像がつきます」

　顔を見合わせクスリと笑い合う。

　アーサーのことだ。きっと、王の想いには悪気なくまったく気づいていなかっただろう。もしも王が想いを打ち明けたとしても、自分は身も心も軍に捧げているので、などと断ったかもしれない。そういう人だ。

「アイ、こんなことをお話ししましたが、私は心から彼のつがいがあなたでよかったと思っているのです。嫉妬《しっと》からあなたを追い出そうとしているのではないことを、わかっていただけたらと思います」

「そんなこと、当たり前です！　コーネリア様のお気持ち、僕、よくわかっているつもりです。あの、もしも戦争がない世の中になったら……なんでもないです、すみません」

「え、なんですか？　おっしゃってください」

身を乗り出され、アイは首をすくめおずおずと口を開く。

「コーネリア様と、そういうおしゃべりもしてみたいです。僕も兄弟がおらず、両親も天国に行ってしまったし、友だちと呼べる人も、いないので……す、すみません、畏れ多いことをっ」

「いいえ、いいえ！　ぜひそうしましょう。アイは今から私の友だちです。同じオメガでもあるし、そのときはいろいろなことをたくさんお話したいですね。小さなシルラにも会わせてくださいね」

「はい！　その時が来たら」

微笑んで頷き合う二人は、互いの瞳がうっすらと潤んでいるのを見る。

その時が来たら。平和な時間が訪れたら。

それがいつになるのかはわからない。何年先か、何十年先かもしれないけれど、互いに心から笑い合える時がきっと来ることを信じていこう。

差し出された王の手を、アイはしっかりと両手で握った。


護衛をつけて送らせるというのを丁重に辞退して、正装からいつもの普段着に着替えたアイは天幕を後にし、シルラたちを連れて帰途についた。セバム平原から里までは歩けないほどの距離ではない。西に傾きかけた太陽が完全に沈む頃には帰りつけるだろう。

体調は、やはり万全とはいえなかった。倦怠感《けんたいかん》があり、めまいで足元も少しふらついていた。けれどエメリ村に預けてきたシルラたちの顔を見れば、すっかりよくなるに違いなかった。

寂しさで引き裂かれそうになっている今のアイの心を癒してくれるのは、家族であるシルラたちだけだ。

（アーサーさん、ごめんね……）

会わないで来てしまった愛しい人に、心の中で詫《わ》びる。

（一緒に帰ろうって言ってくれて、ありがとう。でも……今は無理だってこと、どうかわかって）

離れず一緒にいたかったけれど、今何よりも彼がすべきことは軍での務めを果たすことだ。王はきっとそのことをアイの言葉とともにきちんと彼に伝え、理解させてくれるだろう。アイがあえて会わずに一人で里に戻る意味も、アーサーはちゃんとわかってくれるはずだ。

過ごしやすい季節になってきたとはいえ、日が落ちてくると空気が少し冷えてくる。アイは胸を開き深呼吸をして、目の前に広がる景色を眺めた。

軍の陣から里の森までは遮るもののない平原が広がり、可憐な花が咲き乱れている。この美しい地を戦いで荒らされないように、アイもアーサーもそれぞれの場所でがんばっていければいい。

（アーサーさん、この五ヶ月間、夢みたいに楽しかった。本当にありがとう）

たった半年は十八年の人生の中のわずかな時間だけれど、アイにとっては心の中のキラキラした思い出用の箱が、どんどんいっぱいになっていくような日々だった。

見つめてくる優しい瞳。少し照れたような微笑み。情熱的な指先。

大切なすべてのシーンが胸の中を流れていき、アイの口元は自然に笑みを刻む。

ずっと独りだったアイのところに飛びこんできてくれた、頼もしい運命のつがい。誰よりも大切で、大好きな人。

また離れてしまうのはつらいけれど、永遠の別れでは決してない。いつの日か――何年先になるかもわからないけれど――戦のない平和な世の中が訪れたら、きっと再び会える。

そのときこそずっと、一緒にいよう。アイと彼とシルラたちと、仲良く里で暮らそう。

いつか必ずその日が来ると信じていられるから、また独りになっても大丈夫だ。彼と出会う前と同じように、笑顔で、信じて、前を向いて生きていける。

だからその日まで、アイは毎日彼の幸せを祈ろう。彼が無事でいるように、笑っていられるように、日々祈り続けよう。心の中の宝箱にしまった記憶を、一つ一つ取り出しては思い返しながら……。

「エド、ルゥ、心配しないで。僕は大丈夫だから。アーサーさんがいなくなるのはちょっと寂しいけど、また明日からみんなでがんばろうね」

涙をすばやく拭い、心配そうに見上げてくるエドとルゥの頭を撫で、アイはよしと拳を握り、少し足を速めた。

異変に気づいたのはシルラたちが先だった。二頭の足取りが遅く慎重になっているのを感じ、アイも気を引き締める。

確かに、何かがおかしい。エメリ村の明かりがそろそろ見えてくる頃なのに、薄闇《うすやみ》の中にはわずかな光すらない。アイはともかくシルラは決して道を間違えないので、この先に必ず村があるはずなのだ。

エドとルゥが同時にピタリと足を止めた。視線が同じほうを向く。

（ティグリム山のほう……！）

嫌な予感にアイの全身が固まる。

ティグリム山はゾルディア国との国境をまたいでいる山だ。人の足や馬で越えることは到底不可能な険しい岩山で、地元の者も立ち入らない。逆にその険しさが自然の防壁となっているため、警備軍の兵士も配置されていないところだ。

聞き覚えのある高い鳴き声が微かに耳に届いてきて、アイはハッとそちらに顔を向ける。

エメリ村の方角だ。

薄闇に目をこらすと、いくつもの銀色の光がまっすぐにこちらに向かってくるのが見えた。

「みんな……っ！」

村に預けてきたシルラたちだ。皆、喜んで迎えに来てくれたという様子ではない。子シルラまでもが厳しい警戒の気を帯びているのだ。

「シルラ様ー！　おおっ、神子様！」

「神子様だ！　神子様が戻られたぞ！」

その後ろから追いついてくるのは村の民たちだ。村長を先頭に足の弱っている者、高齢の者まで全員がいることにアイは驚く。体が緊張で震えてくるのを感じる。

「村長さん！　皆さんも……！　何かあったのですか？」

「ゾ、ゾルディア国軍が、攻めてきました！　ティグリム山から……！」

一瞬目の前が暗くなった。よもやこんなに早く侵攻が始まろうとは……。

「そんな……あの岩山を越えるなんて、できるはずが……っ」

「地響きのような大きな音が連続でしていました。おそらく何かを破裂させて、岩を砕いてきたのでしょう。ゾルディア国はわが国よりもそういった技術が発達しています」

そのときの恐怖がよみがえってきたのだろう。村長が額の汗を拭う。

「私どもの村は山に近いので全員で避難してきました。国境警備軍にお知らせしようと進んできたところで、シルラ様が神子様を見つけて……ご無事で何よりです」

村人は皆怯え切って青ざめ、震えている。アイの姿を見て、堪えきれず泣き出す者もいる。アイは気を引き締める。

(僕が、しっかりしなきゃ……っ)

「みんな、よくやったね」

敵の悪意にひきずられず、村人を守り誘導してきたシルラたちをねぎらい、アイはしっかりと顔を上げる。

怯えうろたえている余裕はない。アーサーだって今いるところでがんばってくれている。自分も目の前の大切な人たちを守らなくては……。

「村長さん、皆さん、まっすぐ東へ向かってください。シルヴェリア国の本軍がセバム平原まで来ています。国王陛下もおられます。助けを求めてください」

「なんと、本軍が！　ですが神子様は……っ」

「僕のことは心配しないでください。シルラたちがいます。子どもたち、村の皆さんと一緒に行って。みんなを守って！」

子シルラたちに命じ、アイは身を翻す。

「神子様、まさか……！」

「いけません、どうかご一緒に……！」

一斉に引き止める村人たちを安心させようと、アイは笑顔を向ける。

「心配しないで。ゾルディア国軍も、シルラを連れた神子の僕にはそうそう手を出せないでしょう。僕が時間稼ぎをしますから、皆さんは早く本軍に知らせてください。くれぐれもお気をつけて！」

それだけ告げると、アイはもう振り向かずに駆け出した。

大丈夫だ。村人たちのことはシルラが守り、きっと王と軍のところまで連れていってくれる。それまでアイは、なんとかゾルディア国軍を足止めしておかなくてはならない。

神子としてこれまでアイがしてきたことは、世界に平和をもたらすどころか本当に小さなことばかりだった。一人一人の病や怪我を癒してもそれは一時的なこと、皆を心から笑顔にし、安心を与えるにはほど遠かった。

（だから今、僕は自分にしかできないことをする……！）

皆がシルラの神子に寄せる真摯な希望。かけられた大きな期待に応える機会が今やってきた。ゾルディァ国軍もアイとシルラを見れば怯んで、すぐに攻撃を仕掛けてはこないだろう。シルラの真の姿を知らず危険な猛獣と思っているのは、相手国側も同じだ。

（みんなを危険にさらす……ごめんね）

アイは心の中で、並走するシルラたちに謝った。

もしかしたらゾルディァ国軍はこれを好機と見て、アイとシルラを根絶やしにしようと危険を顧みず攻撃してくるかもしれない。その場合、命の保証はない。アイもシルラも、皆死ぬことになる。

けれど、大勢の人を守れるのならそれでいいと、きっと彼らは思ってくれている。神子とシルラは一心同体なのだから、気持ちはアイと同じはずだ。

走ったせいで息が苦しい。体調はまだ戻っていない。足元がふらつきおぼつかなくなってきて、アイはついにその場に膝をついた。こんなときにと歯噛みし、地の土を摑む。

後方から数人の足音が近づいてくる気配に、アイの背は緊張する。誰かが追ってきたのか？　本軍がそんなに早く来るはずが……。

「神子様！」

「シルラ様ー！」

振り向いたアイは驚き、かろうじて立ち上がった。

「村長さん！　皆さんも……どうして！」

『体の悪い者だけ、若い者をつけて東に行かせました。私たちは神子様とご一緒します。皆思いは同じです！』

息を切らせながらも、村長の瞳は強い意思を表しまっすぐアイを見つめていた。つき従う数十人の村人――村の民ほとんど全員――も、皆同じ眼差しでアイを見ている。

「ここにいる者は皆、神子様とシルラ様に救われた者ばかりです。私たちはあなた様に、とても大事なことを教わりました。助けられた命を、ほかの者のために使うことの尊さです。神子様とシルラ様をお守りし、戦をやめてくれるよう進言するために、私たちもまいります！」

「村長さん、そんな……危険です！」

「いや、お止めくださいますな。この老体でも、進軍の歩みを止める壁くらいにはまだなりますぞ。神子様お一人を行かせたとあっては、エメリ村の者は未来永劫《みらいえいごう》忘恩の徒と呼ばれましょう」

そうだそうだ、と一同の間から声が上がる。

皆、不安でないはずがない。怖くないわけがない。それでもアイと危険をともにし、背を支えてくれようとしている。

「皆さん……」

愛情を持って人に接すれば、受け取った人はほかの誰かにまた同じ愛情を渡していこうとする。それが人というものだ、と母にそう教わってきたことが、本当なのだと今わかった。

立っていられなくなったとき、自分には支えてくれる手があるのだと知り、気を張っていた全身から一瞬力が抜け足がよろけた。村長や村人たちが、倒れないようすぐに手を差し出してくれる。

「神子様！」

「皆さん……ごめんなさい、僕、頼りない神子で……母さん……前の神子だったら、こんなときもっとしっかりして……」

「それは、まだまだこれからですぞ」

村長のひと言に、アイはえっと目を見開く。村長もほかの者も、慈しむような笑みをアイに向けている。

「皆気づいておりました。神子様が私ども民を安心させようと、いつも相当に気張っておられたのを。けれどあなた様はまだ御年十八。過剰な期待を背負わせ、申し訳なく思っていたのです」

「村長さん……」

皆知っていたのか。アイが一人前の神子であろうと背伸びをし、懸命に母に倣おうとしていたことを。

「あなた様は今後さらに成長され、素晴らしい神子になっていかれることでしょう。けれど今だって我々にとっては、思いやりに溢《あふ》れ誰よりも心優しい、大切な神子様です。信頼できる唯一無二のお方です。つらくなったときはお独りで耐えず、私どもを頼りなされ。人生の先輩ならここにたくさんおりますゆえ」

向けられる笑顔は崇めるというよりも、家族を見るような温かみがあった。もしかしたら彼らはこれまでも、こんな目でアイを見てくれていたのかもしれない。アイが気づこうとしなかっただけで……。

アイはにじんできた涙を拭い、一同に笑顔を向けた。足には力が戻っている。

「皆さん、ありがとう……本当にありがとうございます！　僕はこれまでずっと、こんなふうに支えられてきたのですね。僕が神子としてがんばってこられたのは、皆さんがいてくださったからです。皆さんが僕を、神子として成長させてくださったんです」

アイの言葉に、皆嬉しそうに頷いている。人々の寄せてくれる愛情がじわじわと伝わってきて、アイに勇気をくれる。

「正直に言いますね。本当は、僕も不安です。怖くて脚が震えそうです。でも、皆さんが後ろにいてくださると思うと、とても心強いです。ゾルディア国の人とお話しする勇気を持てます。皆さん、僕を支えてくださいますか？　一緒に来てくださいますか？」

村人たちの同意の声を受け、しっかりと頷いたアイは再び前を向いた。そびえたつ岩山の影がうっすらと見えるほうへと、力強い足取りで一群は歩き出す。

日が落ちるとともにあたりは紫色の闇に包まれ、真上の満月と無数の星々が明かりの役目を果たす。月光に浮かび上がるティグリム山が見えてきて、アイは息を呑んだ。

（山の形が変わってる……！）

分厚い壁のようだった山が今は巨人の手で穿《うが》たれたように窪《くぼ》んでいて、アイは呆然とする。

「山を二つに割ったように、中央に道が作られています」

村長が硬い声で説明してくれる。よもや岩山を砕くほどの武器を、ゾルディア国が有しているとは……。これではたとえ戦争をしたところで勝てないと、アイは確信する。

(とにかく、なんとかして侵攻を止めなくては……)

躊躇せず、アイは足を前に踏み出した。十二頭の大人のシルラと、武器を持たない村の民がそれに続く。

そびえたつ両側の壁の中央に、岩を無理やり削ったような広い空間ができている。そこにうごめくのは、整然と並んだ馬上の兵士たちだ。深紅の軍装の騎馬軍が、急ぐ様子もなく一糸乱れず進んでくる様は、紅蓮《ぐれん》の炎が地を舐《な》めていくように見え圧倒される。

それでも、アイは臆《おく》せず進む。部隊の中央先頭、唯一の白馬にまたがった大将に向かって。

アイたちに一先に気づいた大将が、後に続く兵たちに向かって片手を上げた。

「全軍止まれ!」

炎の進軍がピタリと停止する。若き大将——サミュエル王子がアイを認め、華やかな美貌を歪めニヤリと笑った。後ろの兵士たちが明らかに動揺を見せざわついたのは、シルラに気づいたからだ。彼らは明らかに怯んでいる。

「これはこれは神子殿。お久しぶりですね」

「王子殿下、こんなふうに再会したくありませんでした」

アイはまっすぐ顔を上げて、威圧的な気を放つ王子を見上げる。

「あなたとシルラ、そしてその後ろの見るからに非戦闘員の方々が最前線に立たれるのですか？　シルヴェリア国軍も相当非道なことをするものですね」

高笑いが岩壁に反響する。

「僕たちは戦うために来たのではありません。お話ししたくて来たのです。サミュエル王子様、どうかこのまま引き返して、お国へお帰りください」

王子はさも面白いことを聞いたとでもいうように、おおげさに肩をすくめた。

「なんと、おかしなことをおっしゃる。なるほどね、回れ右をしなければ、シルラをけしかけるぞという脅しですか？　たった十二頭でわが軍を退けられるとは、さすが最強の秘密兵器だ」

「シルラは兵器ではありません！　もう一度言います。僕たちもシルラも、戦う気はないのです。シルラの里はシルヴェリア国とゾルディア国、どちらの味方にもなりません。ただ戦を止めたいだけなんです！」

王子の口元が不快そうに歪められる。

「アーサー・スタイロンと深い仲のあなたがよく言いますね。それを私に信用しろと？」

「アーサーさんも、今は戦いを避けたいという考えです。戦争は大勢の不幸な人を作ります。後ろにいる村の皆さんだけでなくそちらの軍の方々だって、痛い思いや悲しい思いをするかもしれません。殿下、それでも戦おうとされるのはなぜですか？」

「決まっている。シルヴェリアは危険だからだ。あなたはシルラを戦わせる気はないと言うが、それはこちらを欺く作戦かもしれない」

王子の隙のない警戒の目がシルラたちに向けられる。銀の毛並みはやや黒味がかっているが、シルラたちは静かに控えている。敵の攻撃性に反応しては駄目、村人を守って、というアイの想いを忠実に受け取っているからだ。

「父王もずっと恐れていた。猛獣シルラを放置しておけば、いつかわが国は滅ぼされる、一刻も早く排除せねば、とね。それが今や死に瀕《ひん》した父王の妄執と化してしまっている。だが、私は父のような根拠のない恐れに支配されているわけではありませんよ」

脳まで病に侵されてしまったような老王と一緒にしないでもらいたい、と不遜《ふそん》なくらい平然と言い捨て、王子は傲然《ごうぜん》と顔を上げる。

「私が欲しいのはシルヴェリアの資源です。恵まれた気候の下に育まれる豊潤《ほうじゅん》な大地。凍らない海があれば他国との貿易も可能だ。寒冷地が大部分を占めるわが国の民が、喉《のど》から手が出るほど欲しているものです。連日の吹雪で視界が覆われる季節には、多くの凍死者が備蓄食料を食い尽くし凍死してしまうことをご存知か？」

アイの胸が刃《やいば》を突き立てられたように痛んだ。すぐ近くの国境を越えただけの隣国の人たちが、そんなつらい思いをしていることをアイは知らなかった。

現王はともかく、少なくとも目の前の王子には、自国の民を救いたいという強い意思が見て取れた。

「サミュエル王子様、二つの国が友好関係を結べば、互いに助け合うことができます！　シルヴェリアの民は、大国ゾルディアの方々がそんな大変な思いをされていることを知らないのです。戦を止め、お互いの国に欠けているところを補い合えれば、得るものは二倍にも三倍にもなります。でも戦をすれば大地は荒れ国の力は衰えて、すべてがマイナスになってしまいます！」

「恐れながら王子殿下！　私ども下々の村の民も御国のお力になれますぞ！」

村長が年齢を感じさせない通る声で訴える。

「私どもは寒い土地でも育つ野菜の栽培の術を持っております！　凍った大地を溶かす先祖伝来の方法もございます！　同じ北方の民同士、協力し合えば厳しい季節を乗り切ることもできましょう！」

村の民たちも力強く頷いている。王子は意外そうに目を見開き耳を傾けていたが、眉を寄せ嘆息を漏らした。

「ご長老、村の方々、あなたたちの目に偽りは見えない。心底そう思ってくれているのはわかるが、果たしてこの国の上層部は皆同じ意見なのか？」

ハッと息を呑み、アイは唇を噛む。

「どうです、神子殿？　コーネリア王やその側近、特に英雄オーガ将軍をはじめとする好戦的な方々は、あなたとシルラを使ってわが国を攻撃しようというご意見が大半なのでは？　だとしたら我々も先手を打たざるを得ない。そこをどいてもらおう」

「お待ちください！　国王陛下やアーサー……スタイロン副将は、戦を避ける方向で動かれています！　今上の方々の間ではそちらに流れる空気も出てきています！　せめてもう少し……っ」

「悠長に待ってはいられない。こちらも好機は逃したくありませんのでね。さぁ、道を開けよ！」

王子が白馬の上体を起こし、威嚇《いかく》してくる。兵士たちもわずかに前進する。

アイは両手を広げ、その前に立ちふさがる。シルラも一歩前進し、壁を作るようにアイと並ぶ。そしてその後ろには村人たちが皆同じように両手を広げて道をふさぐ。武器を持つ兵士たちを前にして、誰一人逃げようとしない。

サミュエル王子は露骨に舌打ちし、顔を歪めた。

「どかせろ！　人間は殺してはならんぞ」

主《あるじ》の命を受け騎馬兵数名が動き出すが、明らかに躊躇している。前列にいるシルラが恐ろしいのだろう。

「みんな駄目！　守るだけっ」

威嚇のために剣を抜く兵士に反応して身を低くするシルラに、アイが命じる。神子の意に反してまで、シルラが人を攻撃することは決してない。

「何をしている！　早くしないか！」

いら立つ王子の怒号に背を押され、意を決した兵たちがやっと動き出したとき……。

「アイーっ！」

力強い蹄の音とともに、漆黒の馬にまたがった騎士が後方から飛びこんできた。人々があわてて分かれたただ中を駆けて、アイを守るように前に現れた男を見て心臓が大きく高鳴る。

「アーサーさん！」

月光に浮かび上がる凛々しい姿を目の当たりにし、ふいに涙がこみ上げてきた。しばらく離れる決意をしたからだろうか。もうかなり長いこと彼と会っていなかったような、そんな錯覚に陥って……。

「アイ、遅くなってすまなかった！　もう大丈夫だ」

「アーサーさん、まさか一人でっ？」

『出ていったというおまえを追っていく途中で、知らせに来た村人と会った。じきに本軍も来るはずだ」

心配しなくていい、と微笑みかけられアイの胸はいっぱいになるが、名の知れた副将の登場にゾルディア国軍の緊張が高まるのが伝わった。

「アーサー・スタイロンっ……！」

サミュエル王子の唸りは激しい怒りを秘めている。

「舐められたものだな。シルヴェリア国軍はおまえ一人にわが軍の相手をさせようというのかっ」

「サミュエル王子、こちらの軍もほどなく到着する。だが、聞かれよ。わが国は、ゾルディア国と戦闘するつもりはない！　これは国王陛下のご決定だ！」

「っ……！」

アイは思わずアーサーを見上げる。アーサーはチラリとアイを振り向き、小さく頷く。

（コーネリア様……）

アイが天幕を出た後、軍議の流れに変化があったということだろうか。

信じられないのは王子も同じのようだった。嘲《あざけ》るような笑いが口元に浮かんでいる。

「そちらの神子にも聞いたが、貴殿が勝手にそう主張しているだけなのだろう？　それにしても、どうした？　スタイロン副将ともあろう者が、ずいぶんと腰抜けになったな。神子の洗脳力もたいしたものだ」

「盲目だった目を開かされただけだ。神子と出会い、ここにいる民と交流し、真に大切なものが何かを知ったのだ。それは王子殿下、じきに王となるあなたも知るべきことだ」

「貴様、生意気にも私に説教する気かっ！」

「このまま退かれよ。もしもあなたの軍がわが国の民を踏み越して攻め入るというのなら、私も容赦はしない。この人たちをなんとしてでも守る！」

アーサーはスラリと剣を抜いた。振りかざす大剣が月の光に輝く。

「シルヴェリアの民に手をかけようとする者、前に出るがいい！　このアーサー・スタイロンが相手になってやろう！」

アーサーの全身からは見えない闘気が迸り、周囲を圧倒する。誰一人、前に出るどころか身動きする者すらいない。

「腰抜けはわが軍のほうだったか……」

王子は大きく舌打ちすると自らの長剣を抜いた。

「ならば、私が相手になろう！　スタイロン副将、今日こそ決着をつけるぞ！」

白馬を駆って躍りかかってくる王子の疾風《はやて》のような剣のひと振りを、アーサーはかろうじて避ける。

「アーサーさんっ！」

「下がっていろ！　シルラ、手を出すな！　神子と皆を守れ！」

アーサーに向けられた王子の敵意を反射して体の色を変えかけていたシルラが、神子のつがいの命を受け、攻撃態勢を解き後ろに下がる。

「おまえたちも手出しは無用だ！　この者は私が倒す！」

王子も自軍の兵たちに命じ、さらにアーサーに追い打ちをかける。アーサーは大剣でその攻撃を受け止める。

（アーサーさん……っ）

どうすることもできずただ胸を押さえ見守るアイの耳に、村人たちの湧き立つ声と轟《とどろ》く蹄の音が届く。

「本軍が……！」

「あれは、オーガ将軍だ！　国王陛下も……！」

ハッと振り向くと、駆けつけてくる騎馬軍の先頭の、コーネリア王とオーガ将軍の姿が目に入った。

「コーネリア様！」

「アイ！」

王はアイの無事に一瞬表情を緩めかけたが、剣を交わす二人に気づき目を見開く。

「サミュエル殿下！　スタイロン副将！　やめてください！」

威厳のある澄んだ王の声が響き、二人とも一瞬動きを止めるが剣は下ろさない。

「邪魔をするな、コーネリア王！　戦意を失くしたように見せかけて我々を欺こうというのだろうが、騙されてやる気はないぞ！」

口を動かしながらも王子の攻撃は止まない。アーサーは猛攻をかわしながら、冷静に反撃の隙を狙おうとしている。

「そのようなつもりはありません！　私たちは長い時間をかけて話し合い、戦闘を回避するという結論に至ったのです！　剣を下ろしなさい！　殿下、どうか私と話し合いを！」

「信じられるか！　オーガ、まさか貴様も同意見なのか！」

「王子殿下、私とて納得してはいない！　だが、信じてみることとしたのだ。敬愛する陛下と、わが腹心の部下のことを！」

「将軍様……っ」

驚きにまじまじと見上げるアイと視線が合うと、オーガ将軍は気まずげな渋い顔で目をそらした。

それが天の意に適《かな》った正しいことなら、真摯に訴えればきっと相手の心に届く。おそらくこの無敵の将軍にも、守りたい大切な人がいるのだろう。

「スタイロン！　剣を納めよ！　陛下の御前だぞ！」

「将軍殿！　これは私と殿下の勝負です！　この方とは因縁があり、一度決着をつけねば収まりません！　それに私たちの決闘でケリがつくのならそれにこしたことはない！」

「そういうことだ！　安心しろ、もしも貴様が勝ったら、とりあえず王の話くらいは聞いてやる！」

命をかけた真剣勝負をしている二人を前にしては、周囲は口を閉ざすしかない。

カチン、カチンと剣を打ち合わせる音が岩壁に反響する。アーサーは大剣を豪快に振り、サミュエルは長い細身の剣を繊細に操る。腕は互角で、互いに攻め入っては攻め返されることを繰り返す。

（アーサーさん……っ）

アイは両手を組み胸に当てる。愛する人の無事を必死で祈る。

剣の腕は同等でも、体力には差があったようだ。王子の剣の振りには次第に切れがなくなり、アーサーに押されはじめた。

「くっ……！」

アーサーの突きが肩口に当たり、よろめいた王子がかろうじて体勢を立て直したとき、アイの視界の隅で何かが動いた。

「っ……！」

騎馬兵たちの後ろに隠れるようにして、膝を折った兵が弓矢をつがえている。矢が狙っている先にいるのは……。

「コーネリア様っ！」

アイが叫ぶのと同時にエドとルゥが飛び出した。敵のほうではなく、自国の王に向かって。

狙いを外さず飛んできた矢が、王を守ろうとジャンプしたルゥの肩に突き刺さる。

「ルゥーっ！」

アイが絶叫する。

それをかき消す勢いで重なったのは、地を轟かすほどの雷鳴だった。

月も満天の星も見る見るうちに黒雲に覆われ、突風が吹き荒れはじめる。

何が起こったのかわからずうろたえる人々が目にしたのは、岩壁の頂《いただき》に落ちる一閃《いっせん》の稲妻だった。神の怒りのようなその一撃が、尖《とが》った岩を打ち崩す。

「アイ！」

剣を捨て馬上から飛び降りたアーサーに覆いかぶさられ、アイは地に伏せる。

岩が転がり落ちてくる耳をつんざくような轟音《ごうおん》と、ゾルディア国軍側から上がる悲鳴は、どんなに耳をふさいでも聞こえてきて、アイはただアーサーの下でじっと身を硬くしていた。

＊

救護所としてティグリム山近くの平原に張られた天幕の下には、多くの怪我人が横たわっていた。重傷者の全員がゾルディア国軍兵士で、シルヴェリア人が皆かすり傷程度だったのは、稲妻が落ちた岩壁が相手国の側だったからだ。

——これは天意だ……！

時間にして五分にも満たない天変地異が止み、嘘のようにあたりが静かになったとき、仁王立ちになったオーガ将軍が呆然と告げた。

——シルラが傷つけられたことを、天がお怒りになったのだ！

誰一人、反論する者はいなかった。

コーネリア王の命を受けすぐに設置された救護所に、傷を負った兵たちは次々と運びこまれた。ゾルディア国に戻るよりは、こちらで手当てをしたほうが早いという判断だった。凄《すさ》まじい数の岩が降るように落ちてきたにもかかわらず、死者が一人も出なかったのも不思議だった。

天幕の設営や負傷者の救護に主にあたってくれたのは、エメリ村の人たちだった。助けられた命をほかの人のために使うと言っていた村長の言葉を、彼らは実践してくれていた。ほかの人、というのは、同じ国の人ということではない。それは、同じ人間、ということだった。

「どうですか？　まだ痛みますか？」

「これは……驚きました。神子殿、まったく痛みがなくなっています」

折れた足にシルラが触れたときはひどく怖がり緊張していた兵士が、今はもうすっかり笑顔になっている。アイも嬉しくなって微笑み返す。

「まだ骨が完全にくっついていないので、動かさないようにしてくださいね」

「ああ、本当にありがとうございます！　……あの、神子殿……」

兵士がつらそうな顔で言いよどむ。

「実は、そちらの国王陛下に矢を放ち、シルラを傷つけたのは……私なのです。あのシルラの傷は、どうでしょうか」

よほど言い出しかねていたのだろう。兵士は見るからに硬くなっている。

アイは安心させるように笑顔を向けた。

「大丈夫ですよ。シルラは人より回復が早いのです。あの子ももうピンピンしていますから、どうか安心してください」

「そうですか」

兵士は安堵に表情を緩めた。

「あのときは、恐ろしかったのです。王子殿下が副将殿に負けたら、シルヴェリア国王陛下がシルラに攻撃を命じるのではないかと……。今は、後悔しています。天を恐れたからではなく、シルラが尊い存在であるということをこうして知ったので」

そう言って兵士は、癒してくれたシルラに温かい目を向ける。アイも嬉しくなる。

岩崩れが起きてから早一週間、アイは村人たちの先頭に立って、寝る間もなく怪我人の救護に当たっていた。もちろんシルラたちも、子シルラに至るまでが、不眠不休で多くの兵士の傷を癒している。

　シルラを恐れる者は、両国兵士の中にはもう誰もいない。皆、今は知っている。シルラが天から遣わされたその真の意味を。

「アイ」

　休む間もなく次の負傷兵士のところに向かおうとするアイを、やわらかな声が呼び止める。

「コーネリア様！　王子殿下も！」

　自ら毎日救護所に出向き、驚くべきことに救護を手伝ってくれているコーネリア王と、隣にやや憮然《ぶぜん》とした表情で立っているサミュエル王子に、アイは深く頭を下げる。王子もかなりの深手を負い三日前までは臥《ふ》せっていたはずだったが、シルラとコーネリア王の介護を受けて見る間に回復したようだ。

「お疲れ様です。こうして見ると、動けるようになった方も増えてきましたね」

「はい、コーネリア様。シルラもがんばってくれましたし、コーネリア様や村の人が皆さんに優しく接してくださったおかげです」

　最初は捕虜にされるのではと緊張し切っていた兵士たちも、シルヴェリア王の慈愛に満ちた美しい微笑みに接し今や安心しきっている。敵意どころか崇拝に近い眼差しを王に向ける者も多い。

「王子様もすっかりご回復されて……本当によかったです」

「嫌みではなく本気なのでしょうね、あなたのことだから」

王子は気まずげに苦笑する。

「アイ、サミュエル様はもう王子ではないのですよ。ゾルディア国王陛下が今朝《けさ》早く崩御されたそうなのです」

悲痛な声でコーネリア王が告げ、アイはあわててサミュエル王子に頭を下げる。

「それは……心からお悔やみ申し上げます。新しい国王陛下」

「度重なる侵略行為であなたたちを常に恐怖に陥れていた父王の死まで、本気で悼んでいる。コーネリア王もあなたも、シルヴェリアの人たちはおかしな人が多いな」

サミュエル王子はハハッとおかしそうに笑い、視線を遠くに投げた。

「しかし、不思議なのですよ。父王が亡くなったと聞いて悲しいという気持ちよりも、どこか肩の荷が下りたように感じている。一体私は何に取りつかれていたのでしょうね」

独善的な君主、前ゾルディア国王の期待を一身に受けていた王子は、アイなどには想像もつかないプレッシャーを負っていたのかもしれない。目の前の彼は、何か憑《つ》き物が取れたようなすっきりとした顔をしていた。

「とにかくそういったことで、私はすぐにでも帰国しなければならない。コーネリア殿、アイ殿、申し訳ないが、わが軍の兵士たちを今しばらくここで診《み》ていてもらうわけにはいかないだろうか？」

「当然のことです。皆さんには完治されるまでこちらにいていただきたいです」

「どうぞお任せください」

「感謝します」

王となった王子は素直に安堵の笑みを浮かべ、救護所を眺めた。彼の軍の兵士たちがエメリ村の民やシルヴェリアの兵士たちと打ち解け、雑談している様子を見て目を細める。

「天意か……。確か、オーガ将軍がそう言っていたな。天が見たいと思っているのは、こういった景色だったのかもしれない」

独り言のようにつぶやいてから、サミュエル新王はコーネリア王の肩をポンと叩いた。

「コーネリア殿、帰国する前にもう一度、友好協定の仮文面を確認したい。オーガ将軍は頭が固くてどうも話が通じないので、あなたがいてくださらないと。お願いできますか？」

「もちろん、喜んで。ではアイ、皆さんをお願いします」

兵士たちに声をかけながら、並んで救護所を後にする二人の王の背を見送って、アイはほうっと安堵の息をつく。

サミュエルが王となり、きっと両国の関係は変わる。シルラの里が目指していた平和な世が近づく。

「僕たちも、ますますがんばらないとね」

シルラたちの頭を軽く撫で、アイはよしっと拳を握って気合いを入れた。

「アイ」

呼ばれ振り返ると、誰よりも大切な人が忙《せわ》しなくこちらに近づいてくるのが見えた。

「アーサーさんっ」

飛びつきたいのをかろうじて我慢する。アイの前に立ったアーサーも切なそうに眉を寄せたが、人目を気にしてか軽く頬に指を触れるに留めた。

「この一週間ほとんど休んでいないと聞いたが、体は大丈夫なのか？」

「大丈夫だよ。アーサーさんこそ、これからのことを決める会議で毎日大変だったでしょう？　お疲れ様」

この一週間は二人きりになるどころか、言葉を交わす余裕すらなかった。それぞれの立場での務めがあり、とにかく忙しかったのだ。そのため、一人で陣を出ていってしまったことをまだ謝ってもいなければ、これから先の二人のことを話し合ってもいなかった。

（アーサーさん、怒ってるだろうな……）

顔を見ればわかる。彼になんの相談もなく勝手に帰ってしまった上に、危険を顧みず敵軍の前に身をさらしたのだから。

アイは首をすくめ、そろっとアーサーを見上げる。

「ア、アーサーさん……あの……っ」

アーサーはムッと眉を寄せると、ポコンと軽くアイの頭に拳骨をぶつけた。

「この馬鹿者が」

その言い方はとても優しく、里に二人でいるときそのままで、なんだか涙が出そうになる。きっとアーサーにはアイの気持ちなど、お見通しだったに違いない。

「大馬鹿なおまえに、どうしても言っておきたいことがある。今日、話せる時間はあるか？」

耳元で聞かれ、アイは何度も頷く。

「時間作るよ。アーサーさんの会議が終わったら、いつでも」

アイも話したい。

一人で勝手に決めて勝手に去っていこうとするなんて、やはりしてはいけないことだった。アイは信じて待つべきだったのだ。彼がきっとほかの人の気持ちを動かしてくれることを。

「後でまた来る。無理をするなよ」

名残惜しそうにアイを見つめてから、軽く髪を撫でアーサーが身を翻す。

ホッとしたからだろうか。急に体の力が抜けた。

(あれ……？　変、まっすぐ、立ってられな……)

いきなり天井が回りはじめ、アイはたまらずその場に膝をつく。振り返ったアーサーが目を見開き、伸ばした手で体を支えてくれる。そんな顔しないで、大丈夫だよと言いたいのに、声が出ない。

名を呼ぶアーサーの声が次第に遠くなり、アイはそのまま気を失った。


意識がゆるやかに戻り、最初に感じたのは右手に伝わるぬくもりだった。目を開けると強張った顔のアーサーが傍らの椅子に座り、アイの手を握っていた。まるで祈るようにしっかりと。

「アイっ、気がついたか」

厳しかった表情が安堵で緩み、「よかった……」と深く息をつく。

「ここは……」

どうやら重傷者のための一人用天幕らしい。温かい寝台に寝かされて、だいぶ体が楽になっている。

アーサーの隣にはエドとルゥもいて、アイを心配そうに見守ってくれている。ルゥの肩にはまだ包帯が当てられているが、その表情はもうすっかり元気そうだ。

「アーサーさん……僕、倒れたの？」

「そうだ。救護所でいきなりな。心臓が止まるかと思ったぞ」

あのとき急に安心して力が抜け、目の前が暗くなったのを思い出す。

「大変……僕どのくらい寝てた？　早く戻らないと……」

体を起こそうとすると両肩を押さえつけられ、また寝かせられてしまった。

「駄目だ。ここのところおまえはがんばりすぎた。しばらく休め」

「そんな……まだ怪我が重い人はいっぱいいるし、休んでる暇なんてないよ。アーサーさんももう行って。僕は大丈夫だから」

「アイ」

こりずに起き上がろうとするアイを強い力で押し戻し、アーサーは首を振る。

「頼むから言うことを聞け。もうおまえ一人の体じゃないんだ」

その口調の強さに首を傾げるアイの目を、アーサーはまっすぐ見つめ告げる。

「おまえの体には新しい命が宿っている。二ヶ月だそうだ」

「えっ？」

思いもよらなかったことを言われ、アイはポカンとしてしまう。両手が無意識に、まだペタンコの腹に触れる。

「ぼ、僕のお腹に、子どもが……それって、アーサーさんとの……？」

「馬鹿、当たり前だろう！」

真剣だった表情が一気に破顔し、喜びが堰《せき》を切ったように溢れ出す。

（僕の中に、子どもがいる……！　アーサーさんと僕の、赤ちゃんが……）

触れているところがぬくもりを持ちはじめ、アイの涙腺《るいせん》を刺激する。涙がこぼれると同時に、嬉しい、と抑え切れないつぶやきが漏れた。

「アイ、許してくれ。おまえがこのところ訴えていた体の不調は、妊娠のせいだったのだ。私はそれに気づいてやれなかった」

「そんな……僕だって同じだよ。自分の体のこと、もっと気をつけなきゃいけなかったんだ。アーサーさん、ごめんなさい」

そうだったのか。アイは気づこうとしなかったけれど、お腹の子はアイにあまり無理しないでねと、サインを送っていてくれたのか。

　胸が温かいものでいっぱいになり、愛しい命が育っているところを両手でさすらずにはいられない。

「嬉しい……本当に嬉しい。アーサーさん、ありがとう。僕に、この子を授けてくれて……」

　頬を伝う涙を、優しい指が拭ってくれる。

「その言葉、そのまま返すぞ。アイ、感謝している。おまえは私に唯一無二の素晴らしいものをくれた」

　アーサーの大きな手が、アイの手に重ねられる。二人分のぬくもりが、今きっと小さな命に伝わっている。

「アーサーさんと離れて帰ろうとしたとき、また独りになるんだなって思って寂しかった。けれどこれからは、僕はもう独りじゃなくなる。この子がいてくれる。だから、もう大丈夫なんだ……」

　アイのつぶやきを目を見開き聞いていたアーサーは、はぁっと息をつき「おい」と頭を拳固で突いてきた。その顔は少し怒っている。

「え、な、何？」

「喜びの知らせが大きすぎてその件を忘れていたが、そもそもどうして私に何も言わず一人で帰ろうとした？　おまえが出ていったと陛下から聞かされたときは、この私も相当動揺したぞ」

「ご、ごめんなさい……。でも、アーサーさんはお国にとって必要な人だから、僕が独占しちゃいけないって思って……」

「私は軍人である前に一人の人間であり、おまえのつがいだ」

迷いのない目できっぱりと言い切られ、アイの胸はトクンと高鳴る。

「自分の愛する家族を悲しませてまで、守るべき任務などない。もっとも大切な者を守れずに、民を守れると思うか？」

「アーサーさん……」

「陛下はあのとき私にこう言われた。『今しばらく耐えてほしい』と。軍を一つにし、休戦の方向に意見をまとめ上げようとしている今、私に里に戻ってしまわれては成るものも成らなくなると。陛下は私のことを無責任だと責めることなく、逆に頭を下げられた」

コーネリア王も悩んでいたのだろう。心は休戦に傾いているものの、王とはいえ彼一人では抗戦派の者たちを説得するのが難しかったから。

「私とおまえの話を聞いて、断固戦うべきという意見だった兵士たちも実際は心が揺らいでいた。最終的にはオーガ将軍殿を含め抗戦派の者も、陛下と私の主張に賛同してくれた。彼らの心を動かしたのは、アイ、主におまえの話だ」

アーサーの口元が笑みを刻む。

「僕の、話が……？　本当に？」

「誰もが安心して笑顔で暮らせる……そんな世を、皆見てみたいと思ったのだろうな」

「っ……」

嬉しさに涙がまたにじんでくる。自分の拙い訴えは、ちゃんとあの場にいた大勢の人たちの心に届いていたのだ。

「アイ、私は軍人としてではなくおまえの家族として、おまえのそばで、そんな世界を見てみたい。おまえと子ども、そしてシルラを守ることが、これからの私にとっての最優先任務だ」

力強い言葉が、まだどこか不安を残していた胸にじわじわと沁みていく。

アイにはアーサーだけ、アーサーにはアイだけ。二人は天の定めたつがい。ほかの誰も代わりにはならないのだ。

「僕たち……離れちゃいけないんだね？」

涙声で確認するアイに、アーサーは頷く。

「そうだ。おまえも同じだぞ。シルラの神子として今後ますます期待を寄せられ、忙しくなるだろう。だが、それよりもまず私のつがいで、子どもの親だということをいつも忘れないでいてほしい。一緒にいてくれ、アイ。決して離れず、私のそばに」

「うん、いる」

しっかりと頷くアイを、力強い手が引き寄せ優しく抱き締める。涙がとめどなく溢れ、頬を濡らしていく。

「アーサーさんと、この子と、離れない。シルラたちも一緒に、家族でいる。ずっと、ずーっと、一緒にいるよ……！」

広い背に両手を回してぎゅっと抱き締めたら、最後まで残っていた不安が溶けてなくなっていくのがわかった。

これからだっていろいろなことがあるだろう。笑ってばかりいられないときもあるかもしれない。けれど二人なら、どんなことがあっても乗り越えていける。

アイはもう、決して寂しさに泣くことはない。長い独りの時は終わった。そしてそれは、腕の中の愛しい人にとっても同じだろう。

「アーサーさん、幸せにするよ。僕が一生、あなたを幸せにする」

「こら、私が言おうと思っていたことを先に言うな」

顔を見合わせて笑い、どちらからともなく唇を重ねた。強く絆を結び合う、これまでで一番幸せな口づけだった。

妊娠を報告すると、コーネリア王は涙を流さんばかりに喜んでくれた。シルラの神子の後継者が生まれるということよりも、純粋に友人として喜んでくれているのが伝わり、アイの目も潤んだ。

二人を引き離すようなことをしてしまったと王は改めて詫び、これからの幸せを心から祈ってくれた。そしてアイが安心して休養し出産までの日々を過ごせるよう、王室のオメガ専門医を定期的に里に往診させることと、村人たちにシルラの世話を手助けしてもらうことを提案した。

——もうシルラの里は、隠れ里である必要はないのでは？

王は言った。

——今やシルラは脅威どころか、皆の癒しの象徴になっています。これからの世は変わります。アイ、あなたとシルラにはこれまでの活動をもっと広げていただきたいと思っていますので、人手を頼ることは必要ですよ。

アイも大賛成で、里を挙げて誠心誠意、王の力になることを約束した。

完全に閉ざされていた里が、ついに開かれる。いつもしんと静まり返っていた空間に、また人の声が満ちる日がほどなくやってくるだろう。

アーサーは、軍を退き里の活動に専念したいと王に申し出て、アイをギョッとさせた。王はそれを聞くなり、湛えていた優しい笑みを一転させた。

――軍を辞める？　アーサー、あなたは失業者となって、アイにおぶさるつもりなのですか？　もしや、怠けたいのですか？

穏和な王の珍しく怒った様子に、アーサーも見たこともないほど動揺していた。おそらくそんなふうに王に叱《しか》られたことなど、これまで一度もなかったのだろう。

――村を回り人々を癒し、愛を広めるのはアイとシルラの仕事です。で、あなたはそれについて回って何をするのです？　屋根の修繕ですか？

うっと言葉に詰まるアーサーは見物だった。

実際アイとシルラが人々を癒しているときは、アーサーは静かに見守るか、薪《まき》割りや家の修繕を手伝うくらいしかすることがなかったのだ。王はもしかしたら救護所で、アイたちの活動の様子を村の人たちから聞いていたのかもしれない。

――アイだってやりづらいですよ。あなたのように威圧感のある大男に、心配を理由に一日中つきまとわれたら。ねぇ？

――アハハッ、はい……実はちょっと。

――おいっ。

アーサーが気まずげに顔をしかめ、アイと王は声を立てて笑ってしまった。

邪魔、というほどのことはないのだが、アーサーはとにかく過保護なので口うるさい。今日の訪問はこのくらいにしておけ、とか、その病人は近づいたら危険ではないのか、とか横から口を挟んでくる。肉体労働で村人たちの役には大いに立ってくれていたが、アイとしては、彼ほどの人材がそれだけではもったいないような気がしていたのだ。

――アーサー・スタイロン、除隊は認めません。その代わり、異動を命じます。副将の地位はそのままに、あなたを新設するシルラの里及び周辺区域護衛軍の隊長に任命します。

突然の王の命に、何も聞かされていなかった二人は大きく目を見開いた。驚いた二人の顔を見て、王は満足げにニコッと笑った。

――引き続き、シルラの里の警備と神子の活動の手助けを行いなさい。また、一部隊を預けますので、村々の、これは隣国の村も含めてということになると思いますが、生活環境の改善と災害危機からの村人の保護にも努めていただきます。とても忙しい部署ですが、いかがですか？

——陛下……謹んでお受けいたします！

アーサーとアイは顔を見合わせ笑顔になり、慈悲深い王の前にひざまずいた。

戦がなくなれば、兵士の仕事も変わる。アーサーもこれからは、人々の笑顔を守るための平和な仕事につく。アイと、シルラたちとともに……。

＊

救護所の兵士たちが皆回復して国に戻り、ゾルディア前国王の葬儀と新国王の即位式が終わった後、シルヴェリア国とゾルディア国の友好協定が交わされ、平和宣言が無事発布された。

両国一人一人の民の命を大切にするという大前提に基づき、国同士の様々な約束事が取り交わされた。それはシルラの里が目指していた、平和な世の実現に向けての第一歩だった。

協定の調印式と平和宣言の後は、三日三晩続く祝いの宴が、国境をまたいだ平原に大天幕を張って行われた。兵士たちはどちらの国の者かわからないほど入り乱れ、酒を酌み交わし親交を深めていた。両国間の出入りも自由になったため、民の間でも祝いの交流が各所で持たれたようだった。

　宴が終わり皆がまだ寝入っている四日目の早朝、アイとアーサー、そしてシルラたちは天幕の外にいた。シルラの里に戻るためだ。

　二人とも、式が終わるまでは目が回るほど忙しかった。アーサーは協定の約定を詰めるためゾルディア国側と連日の協議を重ね、アイもシルラの神子として意見を求められた。二人だけになる時間どころか立ち話をする間もなく当日を迎え、ここでやっと役目を終えたのだ。

　今回の調印の功労者ともいえる二人だ。オーガ将軍がパレード並みの盛大な見送りを計画してくれているらしいが、申し訳ないけれど気持ちだけいただいて、誰にも言わずそっと出ていこうと二人で決めていた。

　どうしても見送りたいという目の前の二人の願いを断ることは、さすがにできなかったけれど。

「陛下、それではこれより、新しい任務地に赴かせていただきます。お呼びくださればいつでも戻ってまいりますので」

　アーサーが敬礼し、アイも頭を下げる。

「コーネリア様、サミュエル陛下、朝早くからお見送りありがとうございました。心から感謝いたします」

「アイ……体を大事にしていい子を産んでくださいね。落ち着いたら王宮に遊びに来てください」

コーネリア王の瞳はしばしの別れの寂しさからかうっすらと潤んでいて、アイももらい泣きしそうになる。自分を友と呼んでくれた優しい王のことが、アイは大好きになっていた。

「コーネリア様もいつでも里にいらしてくださいね！　シルラと一緒にお待ちしていますから」

「それはぜひ同行させてもらいたいものだな。神子殿、私もいいだろう？」

「あなたは招待していない」

「おまえには聞いてないっ。コーネリア殿、この無礼な男になんとか言ってやってくださいっ」

アーサーとサミュエル王のいつものやり取りに、コーネリア王とアイは声を立てて笑った。

こんなふうに四人で笑い合える日が来るとは、ほんのひと月前は想像してもいなかった。

本当に、よかった。

「おい、アイ」

隣からつつかれ、アイは頷き、後ろにきちんと並んでいるシルラたちを振り向く。

「シバ、マリー。ガド、ミヒカ。おいで」

呼ばれた四頭の子シルラたちがトコトコと前に出る。いつもやんちゃでお転婆《てんば》な子どもたちが、今はどこか晴れがましいようなかしこまった顔をしている。

「お二人に……というか、両国に、シルラの里からお祝いを贈らせてください。この子たちはそれぞれつがいです。王室に預けますので、育てていただきたいのです」

シルラは思春期を迎えると、天の定めた自分のつがいをすぐに見定める。この二組もそうだ。

思わぬ贈り物に、両国王は目を見開いて愛らしいシルラを見つめている。

「王室に、シルラをくださるのですか？」

「まさか、わが国にもか？」

「はい。愛情を持って育ててくだされば、この子たちも愛情で応えます。つがいですので、もう少し大きくなれば子もできましょう。シルラのいるところには癒しと平安が満ちるといいます。両国王室が、いつまでも平和でありますように」

シルラの飼育についての注意をまとめたものを二人に渡し、よろしくお願いします、とアイは頭を下げた。

命じたわけでもないのにシバとマリーはサミュエル王、ガドとミヒカはコーネリア王に近づき、その両側にちょこんと座り胸を張る。

「なんと可愛らしい！　アイ、素晴らしい贈り物を本当にありがとう。大切に育てさせていただきます」

「わが国にもシルラの癒しと救いがもたらされるとは……神子殿、心から感謝する」

シルラの頭を撫でる彼らのその顔を見れば、二組のつがいが大切にしてもらえるだろうことは容易に想像ができ、アイも笑顔になった。

「それでは我々はこれにて。アイ、行くぞ」

「うん」

最後に丁寧に一礼し、アイとアーサーは二人の王に背を向ける。

東の空に昇る朝日を見ながら、手をつないで歩き出す。シルラたちも二人を囲むように後ろからついてくる。

帰ろう、懐かしい里へ。

帰ろう、自分たち家族の家へ。

＊＊＊

「アミ！　危ないよ、下りてきて！」

「だいじょうぶ！　母さん見てて！」

二歳になった長女は毎日元気いっぱいだ。今もシルラの庭の木に登り、てっぺんから飛び降りようとしている。運動神経のよさは父親譲りだ。

「エド、ルゥ！　受け止めて！」

生まれたばかりの赤ちゃんシルラの世話で手が離せないアイの命を受け、エドとルゥが飛んでいき、ピョンと飛び降りた娘をふわりと受け止めた。親の心配をよそに、娘はケラケラと楽しそうに笑っている。

二人の長女でオメガのアミは神子の継承者である証《あかし》の銀髪と銀の瞳の持ち主だが、顔立ちはアーサーに似ている。目鼻立ちのはっきりとした華やかな顔は力強さのある美しさで、成長したら両国一の美人になるぞ、などとアーサーは早くも親馬鹿ぶりを発揮している。

神子としてシルラを連れ病に苦しむ民を癒し、悩みを聞き、救いを広めているアイが両国を行ったり来たりと忙しなくしている間、シルラたちがしっかりと娘の面倒を見てくれるから助かる。何しろ父親のアーサーも、相変わらず座る間もない忙しさなのだ。

シルヴェリア国にもゾルディア国にも、つらい思いをしている人はまだたくさんいる。その人たちすべてに笑顔を届けられる日まで、二人に休む暇はない。

（でもこの二年半で、どちらの国もすごく平和になった……）

アイはしみじみと思い返す。

コーネリアとサミュエル、二人の名君の仁政により世は平安を保っている。軍の仕事は主に寒い時期の災害対応や自然の保護管理などになり、いつ戦が起こるかと緊張に満ちていた時代は早くも遠い過去だ。国境警備軍の任務も、両国の行き来を容易にするための道の整備に変わっている。

もう国境は、ないに等しい。どちらの国民も自由に交易し、笑顔を交わし合っている。

シルラの数もこの二年半で爆発的に増えた。今は全国の各村にシルラのつがいを預け、飼育を頼んでいる。シルラのいるところには平安が満ちる。笑顔の人もどんどん増えているだろう。

「アイ、すまない。遅くなった」

「父さん！」

帰宅したアーサーに、父親大好きのアミが飛びついていく。娘を軽々と抱き上げてから、

「待て待て、キスは母さんが先だ」

と、アーサーはまずはアイの頬に口づけ、娘の頬にも口づける。

生まれたばかりの頃は、自分の子とはいえ赤ん坊の扱いに日々戸惑っていた彼も、ずいぶんと父親らしくなったな、とアイはほっこりする。

あとで遊んで、と、アミはまたシルラのところに飛んでいってしまった。幼いのに空気を読む賢い娘は、日頃忙しくて二人になれない両親の会話を邪魔しない。

「アーサーさん、お疲れ様。サミュエル陛下はお元気だった？」

ゾルディア国王に呼ばれて出かけていたアーサーは、やれやれといった感じで顔をしかめる。

「元気すぎだ。私は忙しいと言っているのに、もう一戦もう一戦としつこくてな。あの方にも困ったものだ」

そう言いつつどことなく楽しそうだ。二人は今でもたまに剣技の手合わせをしている。ケンカばかりしているようだが、アイの目にはとても仲が良く見える。言うとむきになって否定してくるから黙っているが。

「来週、コーネリア様が里に遊びに来られるんだけど、サミュエル陛下もご一緒かな」

「多分な。最近サミュエル陛下はコーネリア陛下を訪ねすぎる。うちの陛下はあの押しの強さに辟易《へきえき》しているのではないか？」

「それが、そうでもないみたい。あのお二人、このところとてもいい感じだよ」

「悪い冗談だ」

アーサーが思い切り眉を寄せ、アイは笑ってしまう。コーネリア王を崇拝している彼にしてみれば、相手がいけすかないサミュエル王なのがちょっと気に入らないのかもしれない。

「両国王室のシルラたちもどんどん増えているから。シルラの恋に、お二方とも影響を受けているのかもしれないね」

「オーガ将軍殿が、子シルラの飼育を進んで引き受けているそうだ。ああ見えて、誰よりも子シルラを可愛がっているらしい」

「嘘、その様子見てみたい！」

二年半前に両王室に預けたシルラのつがいも次々と出産し、今ではその子たちももう十匹以上になっている。癒しと平安が満ちていき、王宮内は笑顔で溢れているそうだ。

「ねぇアーサーさん、僕たち、やっとここまで来られたね」

「ああ、そうだな」

二人は微笑み合い、シルラと戯れる娘を見やる。次の時代に平和をつなげていってくれるわが子を。彼女の時代には、きっとこの世のすべての国境がなくなっていることだろう。

「アーサーさんと出会えてよかった。あの日から、何もかもが変わったよ」

「出会えるに決まっている。私たちは運命のつがいなのだからな」

肩を引き寄せられ軽く額に口づけられて、頬が熱くなる。ともに暮らしはじめてもう三年になるのに、大好きな人に触れられるたびに今も初々しく恥じらってしまうアイなのだ。

「あーっ、キスしてる！　父さんと母さん！」

アミが両頬を押さえ、きゃーっと可愛い声を上げる。

「アミ弟ほしい！」

「ア、アミっ！　まったく、何おませなこと言ってるんだろう、あの子ったら」

あたふたするアイにもう一度キスをして、アーサーが囁く。

「私もそろそろもう一人欲しいが、わがつがいの意見はどうだ？」

「ちょ、ちょっと……そんなこと、聞かなくてもわかるでしょ」

真っ赤になって俯くと、ハハハと大切な人が笑った。出会ったときの無表情な彼の面影が、目の前の明るい笑顔に重なる。

にじんできた涙をすばやく拭って、アイも笑った。大好き、とアーサーに抱きついて、声を立てて笑った。

悩めるオメガ王とアルファ王の求愛

神獣シルラのいるところには、笑顔が満ちるという。王宮内のシルラ牧場に、供を連れず一人足を運ぶたびに、それは本当だなとコーネリアは思う。

「子どもたち、こちらにおいで」

コーネリアが両手を差し伸べると、コロコロとじゃれ合っていた子シルラたちが一斉に駆け寄ってくる。最初に王宮に来たガドとミヒカの子はもちろん、神獣の里やゾルディア王室から養子に来た子も、皆この牧場で仲良く暮らしている。愛らしい獣たちにミャアミャアとすり寄られ、このところ笑顔を忘れていたコーネリアの頬《ほお》も思わず緩んだ。

「可愛《かわい》い子たち、いつもありがとう。おまえたちの顔を見ると心が癒《いや》されます」

形のいい唇が、久しぶりに笑みを刻んだ。

コーネリアには今、王としての執務が上の空になってしまうほど悩んでいることがある。

――コーネリア殿、どうだろう。そろそろ両国の統一条約を交わす、というのは？

二週間前、開花期を迎え美しい花の咲き競う公園を二人で散歩しているとき、サミュエル王にいきなり言われた。

友好協定を結んで早三年、シルヴェリア国とゾルディア国は極めて良好な関係を保ち、民たちは活発に交流し、助け合いながら暮らしている。シルラの神子《みこ》アイたちの働きにより シルラの数も増え、両国は愛と平和で満たされている。

——かつては争い合っていた二つの国の国境が、いつの日かなくなるといい。

それはコーネリアも国民も望んでいることであったし、両国が一つになるのもそろそろよい頃合いかもしれないと思っていた。そしてそれを機に、サミュエルとの個人的な関係もさらに進みそうな、甘い期待もしていたのだが……。

コーネリアが首肯する前に、サミュエルはこう言った。

——まぁそのついでに、私とあなたもここで正式につがいになるというのが、最上の道ではないか？　民もそのほうが納得するだろう。

え？　とひっかかり、思わず隣の顔を見上げた。サミュエルはあさってのほうを向き、やけに機嫌のよさそうな微笑《ほほえ》みを浮かべている。少々回りくどいが、彼としては直球でプロポーズしてやったというくらいのつもりなのだろう。

けれど、コーネリアのほうは大いにもやもやした。

（ついでに……？　民も納得……？）

確かに両国の統一がなされ、両国王がつがいになり王と王妃として国を治めれば、これほどめでたいことはない。彼の言いたいことはわかるが……。

──誰《だれ》にとっての最上の道です？　民にとってですか？

険しい顔になり冷たい声で言い返したコーネリアに、サミュエルはギョッとした様子で足を止めた。いつも慎《つつ》ましく優しいコーネリアの、珍しく棘《とげ》のある口調に驚いたらしい。もしかしたら、目を潤ませて喜ぶとでも思っていたのかもしれない。

──ど、どうしたのだ……？

いつも傲然《ごうぜん》と構えている彼らしくなくうろたえる様を冷めた目で眺め、コーネリアは踵《きびす》を返した。

──気分が悪いので戻らせていただきます。

相当怒らせてしまったことに、さすがに気づいたのだろう。呆然《ぼうぜん》としたのかサミュエルは声もかけず、追ってもこなかった。

それから二週間経つが、たいした用もないのにしょっちゅうシルヴェリア王宮を訪れていた彼が、まったく姿を見せていない。

ちょっと大人気なかったかな、とも思う。普段のコーネリアならどんなにむっとしても、穏やかな笑顔でうまく流しただろう。でも、サミュエルに対してはそうできなかった。そのことに、コーネリアは自分でもびっくりしていた。

（彼といるとき、私は国王ではなく、恋に臆病《おくびょう》な一人のオメガになってしまう……）

そう気づいたとき、胸がぎゅっと絞られるような感じになった。

サミュエルは難しい人だ。プライドが高く傲慢《ごうまん》なところがある。切れる頭脳を持ち、強く有能なのに、前王に対するコンプレックスを密《ひそ》かに抱え続けている。王同士というより友として交流しその内面を理解するうちに、自分が彼を救ってやりたいと思うようになった。おそらくは誰にも気づかれていない彼の弱さを、包みこみ癒してやりたい、と。

だから、ああいった形ではあれ、プロポーズされたことは嬉《うれ》しかったのだけれど……。

(どうして私が怒ったのか、彼は気づいていないかもしれないな……)

コーネリアは重い息を吐く。

サミュエルのことだ。むしろ、こっちから申しこんでやったのに何が不満なんだとへそを曲げているかもしれない。ここはやはり自分が大人になって彼を宥《なだ》め、ちゃんと話し合わなければ収拾がつかないのではないか。

「どうすればいいのだろうね……」

シルラたちの小さな頭を撫《な》でながら、重ねて溜《た》め息《いき》をついたとき……。

「コーネリア!」

いきなり呼ばれ、ハッと顔を上げた。敬称なしで呼び捨てにされたのは初めてだ。

「サ、サミュエル様……!」

牧場を囲う柵《さく》の外に、今頭を占めていた当人が、供も連れず一人で立っている。正式な祭典のとき身に着ける盛装姿と、両手いっぱいに抱えた真っ白な花束を見て、コーネリアは目を丸くする。

その花は、シルヴェリアの民が恋人に結婚を申しこむときに好んで贈る花だ。

「仕切り直しだ！　前回の無礼は忘れてくれ！」

「は、はいっ？　仕切り直し……っ？」

いつも余裕の笑みを浮かべているサミュエルの表情が、今は見たこともないほど真剣だ。弱みを見せたがらない彼が、これほど緊張しているらしいところを初めて見た。

「私はあなたを愛している！　どうか私のつがいとなり、一生そばにいてくれ！」

「っ……！」

コーネリアは両手で口を覆った。頬が勝手に熱くなってくる。

あの見栄っ張りでかっこつけたがりのサミュエルが、ひざまずかんばかりの勢いで、誰に聞かれるともわからない青空の下、大声で求愛してくれるとは……！

「あなたほど心惹《ひ》かれた人は、これまでいなかった！　だから、私もどうすればあなたに喜んでもらえるのか、正直手探り状態なのだ！　だが、これでまたあなたを怒らせてしまっても、何度でも仕切り直すぞ！　私が諦《あきら》めが悪いのは知っているだろう！」

拗《す》ねたように声を張り上げるサミュエルを、見つめる目が自然に潤んでくる。

「まったく、手のかかる人だね」

苦笑でつぶやくと、周りのシルラたちも同意するようにニャニャッと鳴いてくれる。

「コーネリア、ここを開けてくれ！　そして受け取ってくれ、私の想いを！」

柵に取りつけられた鍵《かぎ》のかかった扉をいら立たしげに揺さぶる姿に、大国の王の威厳は欠片《かけら》もなく、思わずアハハと笑ってしまいながらコーネリアはシルラたちと一緒に飛び出す。

扉を開けたら彼を招き入れ、真っ白な花束を受け取ろう。そして、自分も告げよう。

――私も、あなたを愛しています！

笑みが戻ってきた唇に彼が口づけをしてくれたら、二人の前に新たな道が開くだろう。

それはきっと希望に満ちた、きらめく甘い旅路に違いない。

あとがき

はじめまして。こんにちは。伊勢原ささらと申します。このたびはこの本『軍人アルファと慈愛の神子』をお手に取ってくださりありがとうございます。ラルーナ文庫さんからは、初めての文庫本になります。とても嬉しいです。

神獣シルラとともに世界に平和をもたらす神子として、健気にがんばるアイと、国を守るために危険な最前線の任務にあたる軍人アーサーとの恋のお話、いかがでしたでしょうか。オメガバースといえば『運命のつがい』、ロマンチックな設定が実は大好きだったりします。今作でもつらい過去を抱えた孤独な二人が、運命に導かれるようにして出会い、恋人となり、家族となって優しい恋を育むことができました。不憫《ふびん》で一途《いちず》なオメガの受け君と、硬派で寡黙なアルファ武人の攻め君という二人を、胸を高鳴らせながら書かせていただきました。アイとアーサーの立場を越えた恋と、シルラの美しさや可愛らしさが、皆様のお心を少しでも癒せていたら幸いです。

今世界では戦争で、つらく悲しい思いをしている方が大勢いらっしゃいます。せめて小説の中だけでも理想の平和な世界を描きつつ、私自身も心の中にシルラを住まわせて、小さな優しさを周りの人に渡していけたらと願っています。

イラストは、タカツキノボル先生にお願いできました。可憐で美しいアイ、素敵すぎるアーサー、コーネリアやサミュエル、そしてシルラに至るまでイメージ以上で、もう本当に感激しています！　先生の絵が大好きですので、嬉しさでいっぱいです。キャラクターたちを生き生きと動かしてくださり、本当にありがとうございました。担当さんはじめ、本の刊行に関わってくださった皆様にも、心より感謝申し上げます。ラルーナ文庫さんからは電子オリジナル作品を五作配信していただいております。いろいろなジャンルのお話がありますので、よろしかったらそちらもぜひ。

アイはエメリ村の人たちに支えられ、勇気を持てました。私に勇気をくださるのは、いつも支えてくださる読者様です。これからも皆様に楽しんでいただけるよう、真摯にがんばっていきたいと思います。本当に本当に、ありがとうございました。

伊勢原　ささら

本作品は書き下ろしです。

ラルーナ文庫

この本を読んでのご意見・ご感想・ファンレターなどお待ちしております。〒110-0015 東京都台東区東上野3-30-1 東上野ビル7階 株式会社シーラボ「ラルーナ文庫編集部」気付でお送りください。

軍人《ぐんじん》アルファと慈愛《じあい》の神子《みこ》

2023年8月7日　第1刷発行

著　　者｜伊勢原《いせはら》 ささら
装丁・DTP｜萩原 七唱
発 行 人｜曺 仁警
発 行 所｜株式会社 シーラボ
〒110-0015　東京都台東区東上野 3-30-1　東上野ビル7階
電話　03-5830-3474／FAX　03-5830-3574
http://lalunabunko.com
発 売 元｜株式会社 三交社（共同出版社・流通責任出版社）
〒110-0015　東京都台東区東上野 1-7-15
ヒューリック東上野一丁目ビル3階
電話　03-5826-4424／FAX　03-5826-4425
印刷・製本｜中央精版印刷株式会社

※本書の全部または一部を無断で複写することは著作権法上での例外を除き、禁じられています。
乱丁・落丁本は小社宛てにお送りください。送料小社負担にてお取替えいたします。
※定価はカバーに表示してあります。

© Sasara Isehara 2023, Printed in Japan
ISBN978-4-8155-3284-0

LaLuna

毎月20日発売！ラルーナ文庫 絶賛発売中！

転生ドクターは砂漠の薔薇となる

| 春原いずみ | イラスト：北沢きょう |

幼なじみと結ばれた夜、異世界へと飛ばされ、
メシアを産むための寵姫にされてしまい……。

定価：本体720円＋税

三交社